NIKITA'S
CHILDHOOD

尼基塔的童年

作者/阿列克謝·托爾斯泰　譯者/曾思藝

滿懷深深的敬意，獻給我的兒子

——尼基塔·阿列克謝耶維奇·托爾斯泰

譯序
——童心的天地，人性的世界

曾思藝

阿・托爾斯泰（全名是阿列克謝・尼古拉耶維奇・托爾斯泰，一八八三至一九四五年），出身於俄國薩馬拉一個貴族家庭，是該城首席貴族尼古拉・亞歷山德洛維奇・托爾斯泰伯爵的小兒子。不過，由於他的母親，出身於另一名門貴族屠格涅夫家的亞歷山卓・列昂季耶芙娜・屠格涅娃，在懷著他的時候離家出走，另找了新丈夫，尼古拉耶夫斯克城（後改名普加喬夫城）的縣地方自治局委員阿・鮑斯特羅姆，因此，他於一八八三年一月十日誕生在尼古拉耶夫斯克，並且在繼父的小莊園索斯諾夫卡長大。生父死後，阿・托爾斯泰繼承了世襲的伯爵爵位，但沒有貴族的實際經濟地位。繼父是個自由主義者，熱愛文學，母親是個兒童文學作家，寫過一些兒童文學作品。「在這個家庭裏，大家都很喜歡俄國古典作品，經常朗讀普希金、涅克拉索夫、列・托爾斯泰、屠格涅夫的著作。」[1]阿・托爾斯泰從小天資聰穎，富於想像力，而且勤奮好學，九歲開始

1 葉爾紹夫，北京師範大學蘇聯文學研究所譯，《蘇聯文學史》（北京師範大學出版社，一九八七年），頁

動筆寫信，十歲在母親的督促下開始寫一些有頭有尾的故事。他的童年是在索斯諾夫卡度過的，這是伏爾加河沿岸一個比較偏僻的草原小村莊。他的朋友都是一些農民的孩子，他經常到熟悉的農民那裏去聽神話、故事和民歌。一八九八年秋天，他們全家遷到薩馬拉。一九〇一年，阿・托爾斯泰從薩馬拉的實驗學校畢業，考進彼得堡工學院。一九〇二年夏天，他和一位女醫科大學生尤莉雅・洛仁斯卡婭結婚。

阿・托爾斯泰在大學期間正式開始文學創作。最初寫的是詩歌。一九〇七年出版第一部詩集《抒情詩》，一九〇八年出版第二部詩集《藍色河流後面》。同時也從事童話創作，出版了童話集《喜鵲的故事》（一九〇八年）。後來他說過，寫詩作為創作的第一階段，對每個散文作家都深有補益，因為便於推敲、掂量、選擇和節約語言。一九〇九年，他轉向小說創作。一九一〇年年底，他的第一部小說集《伏爾加河左岸》出版，使他一舉成名。第一次世界大戰中，他以當時一家報紙《俄羅斯新聞》戰地記者的身分在前線採訪，寫下了許多戰地隨筆和一些小說。「十月革命」前，他已經是一位享有盛名的作家，重要作品有：短篇小說集《伏爾加河左岸》、長篇小說《古怪的人》（一九一一年）、《跛老爺》（一譯《瘸王子》），一九一二年）。「十月革命」後，戰亂、饑寒等接踵而來，阿・托爾斯泰於一九一八年遷居國外，先後僑居於法國和德

三一一。

國。一九二八年，回到俄國（當時的蘇聯）。在國外的幾年間，他十分思念自己的家鄉和祖國，創作了不少的小說，最重要的作品主要有：中篇小說《尼基塔的童年》（一九一九至一九二〇年）、長篇小說《兩姊妹》（一九一九至一九二一年）。回國後，阿·托爾斯泰積極參加各項活動，以更大的熱情從事文學創作，並且取得了很大的成績，被選為最高蘇維埃代表和蘇聯科學院院士。在寫作方面，創作了一些戲劇作品，如《雄鷹和雌鷹》（一九四二年）、《艱苦的年代》（一九四三年），但更多的是創作小說，重要作品有：中篇小說《涅夫佐羅夫或伊比庫斯的奇遇》（一九二四年）、《藍色的城市》（一九二七年）、長篇小說《艾麗塔》（一九二三年）、《加林工程師的雙曲線體》（一九二七年）、《彼得大帝》（一九二九至一九四五年）、《糧食》（一譯《保衛察理津》，一九三七年）等。同時，修改長篇小說《兩姊妹》，並創作了其續篇《一九一八年》（一九二八年）、《陰暗的早晨》（一九四一年），從而使這三部作品合成著名的三部曲《苦難的歷程》。一般認為，阿·托爾斯泰最重要的代表作是長篇歷史小說《彼得大帝》。一九四五年二月二十三日，阿·托爾斯泰逝世。

在長期的創作實踐中，阿·托爾斯泰形成了自己獨特的小說風格：「他與眾不同的特點是情節性很強，並且善於運用從民間口語中吸收來的豐富多彩和極有表現力的語言。還有很重要的一點，那就是通過對主人公的行為、舉動，以及作者本人稱之為『講話所具有的手勢力量』獨具一

格的處理方法來分析其內心世界的高超藝術。」[2]

《尼基塔的童年》寫作於一九一九年至一九二〇年間，其時，阿・托爾斯泰因對「十月革命」不滿，已流亡法國巴黎多年，十分想念祖國俄羅斯和自己的家鄉。他對自己的思念之情進行藝術加工，通過藝術想像使之變成了一部優美動人的中篇自傳體小說《尼基塔的童年》。小說主要描寫了俄羅斯男孩尼基塔從九歲到十歲這一年的經歷及所見所聞所感。

晴朗的冬天早晨，尼基塔一覺睡醒，想起了昨天木匠帕霍姆給他做的松木滑雪車，興奮不已，一心想馬上偷偷跑出去和小夥伴們一起，在結了冰的河裏滑雪、玩耍。可家庭教師阿爾卡季・伊萬諾維奇早已看破了他的心思，一大早便過來找他去上課。尼基塔覺得算術等等功課枯燥而乏味，藉機溜了出去，在恰格拉河邊的雪地上，快樂地滑了一陣雪。

遠在外地的父親瓦西里・尼基季耶維奇來了一封神秘的信，告訴他們兩個消息：母親亞歷山卓・列昂季耶芙娜的女友，住在薩馬拉城的安娜・阿波羅索芙娜・巴布金娜全家要來作客；在即將到來的耶誕節，他將送給兒子一件很大的、但暫時保密的禮物。

尼基塔近來老是做一個同樣的夢：月夜寂靜無人的古老客廳裏，一隻貓跳著去抓座鐘的鐘擺，而他飛起來，飛到天花板上，當他靠近座鐘的座子頂時，發現有一個銅瓶，瓶底好像有件什

---

2 葉爾紹夫，北京師範大學蘇聯文學研究所譯，《蘇聯文學史》（北京師範大學出版社，一九八七年），頁三一四。

麼東西，這時，一個神秘的聲音在他耳邊低語：「把裏面放著的東西拿走。」

尼基塔擁有兩週耶誕節假期，他不用上課，可以到外面盡情玩耍。他和本村（索斯諾夫卡村）的米什卡・寇里亞紹諾克等孩子，在雪地裏與鄰村（孔羌村）的小孩們打架，以自己的勇敢獲得了勝利，並且贏得了該村孩子王斯捷普卡・卡爾瑙什金的友誼。

安娜帶來了自己的兩個孩子：已經是中學二年級學生的兒子維克多和九歲左右的女兒莉莉婭。尼基塔被美麗非凡的莉莉婭迷住了，並與她成為好朋友，對她產生了熾熱的「戀情」。耶誕節前夕，他們一起製作聖誕樹的各種裝飾物，並且一起在月夜到古老的客廳去冒險，取出了他夢見的銅瓶裏的那件東西：一只鑲寶石的戒指。尼基塔把它送給了莉莉婭，同時還獻給她一首專門為她寫的小詩。

父親的聖誕禮物終於在暴風雪之夜送到了：原來是一棵很大的聖誕樅樹和一條漂亮的小船，以及許多裝飾物。聖誕之夜，村子裏的孩子全都來到尼基塔家裏，大家按照俄羅斯習俗，度過了一個快樂的夜晚。

父親出去大半年了還沒回來，尼基塔思念著父親。莉莉婭一家回城裏自己家去了。尼基塔已連續許多天悶悶不樂，六神無主，無心學習，也不想做任何事，整天漫無目的地東遊西蕩，沉浸在對莉莉婭的離愁別緒中。他和農民、雇工交上了朋友。在神秘美好的大自然中，他的痛苦迷茫被驅散了，恢復了健康和樂觀。

春天來了，世界變得美麗起來。在暴風雨之夜後一個晴朗的日子，父親回來了。但聽說他掉進了河裏，差點送了命，後來總算僥倖脫險。這讓尼基塔和母親大大虛驚了一場。父親生性活潑、樂觀，喜歡新東西，尤其喜歡買一些他覺得新奇好玩的東西，不管有用沒用，中意就買。

復活節前，尼基塔和本村的農民們一起到較遠的一個村鎮科洛寇里措夫卡的教堂去做大彌撒。他住在父親的一個老朋友彼得・彼得羅維奇・傑維亞托夫家裏，和那裏的孩子們一起聊天、玩耍，但依舊思念莉莉婭，並且拒絕了傑維亞托夫的女兒安娜的追求，表現了對莉莉婭愛戀的堅貞。

在暖和、美麗的春日裏，尼基塔發現一隻剛剛學飛、失去母親、掉在地上的小八哥，他滿懷愛心地為牠製作了鳥籠，精心餵養牠，母親給小八哥取名為熱爾圖希恩。他們成了朋友，熱爾圖希恩長大後，每天白天出外覓食，晚上依舊飛回他家裏，即使冬天隨候鳥飛往海外，到了第二年夏天，依舊回到尼基塔家裏牠自己的那個「屋子」。

尼基塔經歷了炎熱、乾旱的夏天，學會了騎馬，並幫父親到郵局取信，同時接到了莉莉婭的來信，在信中莉莉婭向他表示了愛意。但他接著忙於騎馬、收割、打麥子、跟父親到遠方的佩斯特拉夫卡村集市去趕集，因而未曾回信。

秋天到了，收割完莊稼後，父母為了尼基塔的學習，決定搬到莉莉婭所住的薩馬拉城裏去，讓尼基塔在那裏上中學。尼基塔見到莉莉婭激動萬分，莉莉婭卻聲色俱厲地找他索回自己寫給他的信。他起初感到丈二金剛摸不著頭腦，後來才明白原來是自己沒回信的緣故。尼基塔在城裏的新生活開始了，但他深深懷念鄉下的日子……

從上面的故事梗概中，我們可以知道，這部小說描寫的是一個九到十歲的兒童尼基塔一年四季的生活，這一題材更有利於阿・托爾斯泰發揮自己作為詩人的特長。的確，他像詩人那樣，善於從平凡的日常生活中發現自然和生活的詩意和美，並且寫得優美動人，富於詩意，飽含情感，生動活潑。總的來說，在這部中篇小說中，阿・托爾斯泰非常出色地描寫了童心的天地、人性的世界。

＊童心的天地

兒童的世界是一個新奇的世界，這裏的一切都有著生命，有著感情，甚至有著思想。尼基塔對一切都充滿好奇心，一切在他的眼裏都不是僵死的、沒有生命的，而像人一樣有著活的生命，如：「馬車棚、板棚、牲口棚，都戴著白絨絨的雪帽子，矮矮墩墩的，就像長進了雪裏似的」，冬天雪中毫無生命的馬車棚、板棚、牲口棚，在把一切都人化的兒童眼裏，都像人一樣，不僅戴上了帽子，而且能夠生長（「長進了雪裏」）；又如：「椅子和矮沙發：它們坐在那裏，沒有臉兒，也沒有眼睛，挺胸凸肚地凝望著月亮，一動也不動」，椅子和沙發雖然沒有臉蛋也沒有眼睛，但仍然像人一樣，能夠挺胸凸肚地凝望月亮。一切，哪怕是春天夜間的大雨，不僅有著

生命，而且富有感情：「夜間的雨聲妙不可言。『睡吧，睡吧，睡吧。』它性急地『沙沙』敲打著玻璃……」這裏，夜間的雨聲不僅像美妙的音樂，悅耳動聽，而且富有人性，充滿感情，懂得關心人，竟然性急地「沙沙」敲打著窗戶一再催促尼基塔去睡覺。一切，不僅有著生命，富有情感，甚至還能像人一樣思考問題，如：「貓兒坐在擦洗得乾乾淨淨的地板上，瞇縫著眼睛，伸出那條像手槍一樣的後腿，在起勁地把它舔乾淨。貓兒既不會感到寂寞無聊，也不會覺得歡天喜地，牠沒有必要急急忙忙。『明天，』牠想，『又是你們，又是你們人類的日常工作日了，你們又得做算術題，又得做聽寫練習了，而我這個貓呢，沒有假期慶祝什麼節日，沒有寫過什麼詩，也沒有吻過什麼女孩子，所以，我明天倒是輕輕鬆鬆、舒舒服服。』」這裏寫的是過完聖誕假期後，人們又重新恢復了勞勞碌碌的生活，尼基塔更因此增加了與莉莉婭的分別。貓兒的思考，一方面以牠的悠閒自在反襯了人的辛苦勞碌，另一面更重要的是，藉此表現了尼基塔渴求自由自在（不願做單調乏味的算術題、聽寫練習）的思想和濃濃的離別之情。實際上，這裏的貓兒在某種程度上就是尼基塔思想的化身。

正因為如此，尼基塔特別厭惡單調、抽象、沒有生氣的東西，他喜歡到外面去和小夥伴玩，而不喜歡成天枯坐家中學習。在學習中，他儘管不喜歡單調的算數，但更不喜歡枯燥抽象的代數：「學習算術，至少還可以從那裏面想出各種各樣無用但好玩的事情：那從三根水管放水進去、裏面有死老鼠的鏽跡斑斑的蓄水池；那永遠是一個模樣的『某個人』，他穿著一件用漆布做

成的燕尾服，長著一隻長鼻子，常常把三種咖啡混合在一起，或者一下子買了那麼多佐洛特尼克的銅；還有那個總是賣兩卷布的倒楣的商人。然而，在代數裏你就抓不住任何東西，裏面一點有生氣的東西也沒有，唯一讓你覺得好玩的是，代數課本的硬書皮散發出的膠水味，還有阿爾卡季・伊萬諾維奇朝著尼基塔的椅子俯身解釋一些法則的時候，他的臉反映在墨水瓶上，圓鼓鼓的，活像一個帶把的高水罐。」因此，當他做算數題的時候，他感到：「在他做乘法的時候——『進一』或者『進二』，這兩個玩意便從紙上『唰』地飛跳進他的腦裏，在那裏撓癢癢，讓他牢牢記住它們。這真叫人很不愉快。而太陽在教室那兩扇結滿霜花的窗戶上，一閃一閃地發著光，誘惑他：『我們一起到河上去啊！』」

兒童的世界也是一個極其新鮮的世界，一切都像第一次見到那樣充滿驚奇。如：「隨著木飛輪的轉動，一條總是滾不完的皮帶『啪啪』地響著，飛快地轉進像房子那麼大的紅色脫粒機」，這裏描寫的是尼基塔眼中的脫粒機，那隨著木飛輪不停地轉來轉去的皮帶，就像有無窮無盡長，竟然總是滾不完！這生動形象地表現了兒童第一次見到脫粒機皮帶轉動的驚奇。又如：「棕紅的鬍子上都掛滿了微笑」，家庭教師阿爾卡季・伊萬諾維奇笑瞇瞇的，在尼基塔眼裏，卻充滿了驚奇感，就像他那棕紅的鬍子上都掛滿了微笑，這也是兒童第一次見到長著濃密鬍子的男人笑的眼光。春天的第一群鳥兒飛來了，尼基塔覺得：「這群鳥兒就像是從濕濛濛、黏乎乎的風裏鑽出來的，就像是被那些亂雲帶過來的，牠們緊緊抓住『沙沙』搖盪的白柳樹枝，『哇哇』地高聲訴說著那些動盪的日子，痛苦的經歷、快樂的時光。尼基塔屏息斂氣地聽著，他的心怦怦地狂跳起來。」這時的尼基塔，正深深陷在對莉莉婭的苦苦思念中，再加上初春剛到，雨水連綿，一切都濕乎乎的，因此，他看到的鳥兒也像第一次見到那樣，彷彿是從濕濛濛、黏糊糊的風裏鑽出來的，是被那些亂雲帶過來的，而且用牠們的叫聲訴說著過去的痛苦和快樂。

兒童的世界也是一個富於想像的世界，兒童的想像包括夢和幻想。夢，最能體現兒童的自由奔放的想像，所以這部小說裏多次寫到尼基塔的夢：夢見飛起來、座鐘和銅瓶，夢見野人，以及結尾夢見把信還給莉莉婭。如果說夢是兒童睡著的時候無意識的自由想像，那麼，幻想則是他們醒著的時候有感而發放飛的想像。小說一再寫到尼基塔的幻想。做算數題的時候，他由習題中的商人展開想像的翅膀：「這個算術書裏的商人在他的腦海中浮現出來。他穿著一件滿是灰塵的長長常禮服，長著一張黃蠟蠟、陰沉沉的臉兒，悶悶不樂，單調呆板，憔悴不堪。他那個小店鋪黑洞洞的，就像一條地下縫隙；那灰塌塌的平坦貨架上，放著兩塊呢絨；商人伸出一雙瘦筋筋的手，從貨架上把布拿下來，用昏濛濛、呆癡癡的眼睛望著尼基塔」；和莉莉婭分別後，他獨自一人在父親的書房裏，更是浮想聯翩：「暖融融的書房裏是如此靜寂寂的，竟使他的耳朵裏開始響起一種隱隱約約的『嗡嗡』聲。獨自一人，在沙發上，在這隱隱約約的『嗡嗡』聲裏，可以想出多少稀奇古怪的故事啊。一道白閃閃的光線透過結滿冰花的玻璃流進屋裏。尼基塔讀著庫柏；隨後，皺緊雙眉，想了好久好久，他想起了一片無邊無際、廣闊無垠的北美高草原，青草綠油油的，在風中綠浪滾滾，『沙沙』作響；滿身花斑的北美草原野馬，都轉過喜滋滋的臉來，大聲嘶叫著在奔馳；昏濛濛的科迪勒拉山峽谷，一道白亮亮的瀑布，在它上面，是印第安種族古龍人的一個酋長，頭上裝飾著羽毛，手裏拿著一桿長長的火槍，一動不動地站在塔糖形狀的峭壁上。在密林深處，在一棵粗滾滾大樹樹根中間的一塊石頭上，坐著他本人尼基塔，用一隻拳頭支撐著臉頰。在他腳下，篝火熊熊，青煙嫋嫋。密林中是這樣的靜謐，竟使他聽見了耳朵裏響起的隱隱約約的『嗡嗡』聲。尼基塔到這裏來，是為了尋找被陰謀搶走的莉莉婭。他身手不凡，多次立下了大功，多次把莉莉婭搶回，馱在烈性十足的野馬上，奮力翻越過一道道峽谷，機智俐落地一槍把古龍人的酋長從塔糖型的峭壁上打了下來，可那個酋長每次又站回到那塊峭壁上去；尼基塔把莉莉婭奪了又救，救了又奪，就這樣一而再、再而三地奪她救她，沒完沒了，不知疲倦。」

兒童的世界還充滿了細緻的觀察和詩意的美。尼基塔對大自然一年四季景物的觀察、對熱爾圖希恩等等的觀察，都非常細緻。即使對一些難以細緻觀察的景象，如冬天裏狗和狼群的觀察和描寫，也都是非常細緻的：「沙洛克和卡托克一聞到狼的味道，就愁戚戚地開始哀嚎，不時嗥叫那麼幾聲，趴在馬車棚底下，用一種令人厭煩的尖細聲音，哀號著，『汪——汪——汪——汪——汪……』一隻隻狼從冰凍的池塘上跑過來，站在蘆葦叢裏，嗅著莊園裏散發出的人的氣息。牠們膽子越來越大，竟鑽進花園，坐在房子前面積雪的林間空地上，瞪著一雙雙綠幽幽、亮閃閃的眼睛，凝望著那些結滿了冰花的黑乎乎的窗子，在冷浸浸的黑暗中，抬起頭來，最初發出的是就像訴怨一樣的低沉的『嗚嗚』聲，接著便繃緊饑餓的喉嚨把聲音提得越來越高，越來越大，越來越響，於是就變成了連綿不斷的哀號，越號越高，越號越高，讓人感到錐耳鑽心，毛骨悚然……聽著群狼的這些號叫聲，沙洛克和卡托克嚇得把頭都藏進了乾草裏，毫無知覺地躺在馬車棚底下。」在這一段裏，既非常細緻地寫了平時非常兇悍的狗面對跑進莊園的狼群的強烈畏懼（趴在車棚底下，起初用尖細的聲音哀號，後來甚至把頭都藏進乾草裏，毫無知覺了），也相當細膩地描寫了漸漸膽大的饑餓的狼群（牠們起初只敢站在莊園外池塘邊的蘆葦叢裏，後來慢慢膽大，鑽進花園，坐到房子前面的林間空地上，瞪著綠幽幽、亮閃閃的眼睛，先是低沉地「嗚嗚」叫，接著便變成越來越高的連綿不斷的哀號）。

小說中詩意的美，首先表現在大自然春夏秋冬，一年四季各有各的美景，這在附錄的中外學者的論析中已談得較多，此處從略。其次，表現為主人公尼基塔的詩意感受：第一，形象的感受，如：「濕乎乎的風狂吹了整整三天，把積雪都給吃掉了」，這裏寫的是春天來了，天氣變暖了，在暖風的勁吹下，積雪都融化了，但作家卻把這暖風擬人化了，讓它把積雪給吃掉了，這就比直說暖風吹融了積雪形象生動多了；又如：「大溝渠把一塊又寬又大的水布罩在塘裏黃糊糊的積雪上」，池塘裏結的冰比較厚，因此春雨後塘裏的雪還沒有融化，春水沖進來灌滿了池塘，但清澈透明的春水在塘裏的積雪上清晰可見，就像給積雪蒙上了一層透明的罩布，當然小說中指明這一罩布是「水布」，顯得新穎生動，符合兒童的新奇想像和創造力。第二，直覺式的感受（或直觀感受）。這是一種難以分析甚至不合邏輯的整體感受，是一種直觀感受，顯得新奇而生動，如：「南方烏雲的裂口間，露出了一塊亮燦燦的藍天，但馬上以驚人的速度飛過了莊園」，藍天竟然能飛過莊園！這充分體現了孩子觀察事物的直觀。實際上，這是指烏雲不斷移動，裂口間的藍天不斷隨之顯露，就像藍天在飛動。但如果這樣表述，既顯得囉哩囉唆，又不新奇生動。又如：「藍幽幽的傍晚，倒映在一個個蒙著一層薄冰的水窪裏」，這裏也是兒童的直觀感受，把天空和夜晚渾融成一體了，本來應該是：傍晚藍幽幽的天空，在結了一層薄冰的一個水窪裏反映出來。再如：「整個天空，轟隆一聲，就傾瀉下來。」經過長久乾旱後夏天的大雷雨，隨著一聲巨雷，鋪天蓋地的瓢潑大雨傾盆而降，氣勢兇猛，雨量很大，但小說以兒童的直覺式感受表現出來，既相當簡短有力，又特別新奇生動——黑壓壓、沙拉拉的天空傾瀉下來。第三，細膩的美好感覺，如：「尼基塔走進書房，坐在沙發上，就坐在前天莉莉婭坐過的那個地方，微微瞇縫著眼睛，細看著窗玻璃上那些凍結的各種各樣的冰花。那都是一些精緻悅目而又稀奇古怪的花紋圖案，它們來自魔幻王國，那裏神奇的音樂盒在無聲地奏響。這些花紋圖案有樹枝，有樹葉，有樹木，還有一些奇形怪狀的動物和人。尼基塔看著這些花紋圖案，突然感到有些字句自動組合起來變成一首歌兒，並且自動唱了起來，這些非常優美的字句和這首令人驚異的歌兒，竟使他的每一根頭髮尖都美得癢酥酥的。」這是尼基塔和莉莉婭冒險取出寶石戒指後，把它送給莉莉婭，莉莉婭吻了他，他沉浸在甜蜜的興奮之中，心情無比激動，突然之間，他成了詩人——我們有多少青

少年就是這樣成為詩人的啊！這種美好的感覺，是很難用言語表述出來的，但是作家卻以生花妙筆，形象生動地把它展示在我們的眼前。

＊人性的世界

這部小說還給我們展示了一個人性的世界。

人性的世界首先是一個人與人之間相互平等的世界。儘管尼基塔是貴族子弟，但他絲毫沒有貴族子弟的優越感，他的朋友絕大多數都是農民、和農民的孩子，他跟他們一起玩耍、做遊戲甚至一起度過節日。他的父親、母親，也沒有貴族的優越感和老爺、太太的大架子。他們一家對家裏的雇工、僕人都非常友善，人與人之間是一種平等的關係。甚至，在耶誕節裏，全村的孩子都到尼基塔家裏來過節，大家一起唱歌、跳舞，而且每個人都得到了一份禮物。正因為如此，當尼基塔的父親掉到河裏的消息傳來後，不等吩咐，雇工們就行動起來，甚至還一再安慰嚇得魂飛魄散的尼基塔的母親。

人性的世界也是一個充滿關心與愛的世界。小說更多地寫了尼基塔一家三口之間相互的關心與愛，尤其是寫了尼基塔的父母對他的愛。尼基塔深深地愛著自己的父母，他為自己過分沉溺於對莉莉婭的離愁別緒中不能自拔而痛苦，祈求上帝幫助他走出困境，重新聽媽媽的話，得到媽媽的愛。當他得知父親掉進河裏時，像「兔子一樣尖叫了一聲」，並且「感到眼前一片黑暗」。母親無微不至地關心著他的生活（包括冬天到屋外去要戴保護耳朵的圍巾帽），對他的學習要求很嚴格，同時也給他一定的自由，讓他到大自然中去，到村裏的孩子們那裏去，獲得他童年的歡樂。父親的愛，則表現為培養孩子的獨立生活能力，讓他學會騎馬，去郵局取信，參加勞動（打麥子），帶他游泳、外出逛集市。

人性的世界還是一個重視人的品質的世界。小說集中描寫了作為男孩子，必須具有的兩種品質。一種是勇敢，這是將來走入生活，面對自然和社會的重重困難，必不可少的首要品質。通過「會戰」和尼基塔學騎馬等等事件，作家很好地表現了這一點。如在「會戰」中，尼基塔正是憑藉自己的勇敢，打敗了人人害怕的斯捷普卡，並且獲得了他的友誼。當公牛巴揚朝維克多猛衝過來，眼看就要踩到他身上的時候，又是勇敢使尼基塔挺身而出，取下帽子打走了公牛，救出了維克多，同時也以自己的勇敢獲得了高傲矜持的莉莉婭的好感。另一種品質是自立。這通過尼基塔父母關於他在十歲時該不該學騎馬這件事表現出來。母親太愛孩子，生怕他這麼小力氣不夠，騎馬摔成了重傷，而父親則認為一個男孩子到十歲，最重要的是自立，通過騎馬，既能鍛鍊孩子的勇敢，更能培養他的自立精神。經過長時間的爭論，父親獲得了勝利。

人性的世界還是一個對自然萬物富於同情、充滿關愛的世界。人，畢竟生活在自然之中，人與自然萬物必須共同生存：一榮俱榮，一損俱損。因此，人必須放下已有的錯誤觀念：人是

「宇宙的精華，萬物的靈長」，主宰自然萬物，對自然的一切操生殺大權，甚至濫捕濫殺，鋪張浪費，暴殄天物——而應該對自然萬物富於同情、充滿關愛。小說在這方面也有出色的描寫。尼基塔熱愛大自然的一切，對花草樹木、自然美景，十分喜愛，甚至對寒冬臘月裏孤苦伶仃的風，都充滿了同情之心：「冷颼颼、黑漆漆的頂層閣樓：在煙囪旁的一張舊圈椅上，坐著『風』：渾身毛烘烘的，滿是灰塵，掛滿了蜘蛛網。『風』溫順地坐著，雙手托住臉頰，呼叫著：『無聊聊聊聊乏味啊！』黑夜漫漫無盡頭，可是他卻孤零零地坐在冷森森的頂層閣樓上，呼叫著。」而八哥熱爾圖希恩的餵養，最能體現尼基塔對自然的關愛。小八哥由於試飛，失去了母親，掉落到地上，隨時都有生命危險。尼基塔發現後，用雙手把牠捧起來，捉來許多的小蟲和蒼蠅餵牠，還給牠做了一個結實的房子。並且，不是像一般人那樣，把鳥兒緊緊地關在籠子裏，而是讓牠自由行動：白天到花園裏覓食，晚上再自願回家。為了體現自然萬物的平等，也為了更好地表現尼基塔一家的關愛，作家在寫這一段時，既從尼基塔的視角描寫這隻八哥，更轉換角度從熱爾圖希恩的心理來展示牠對尼基塔的認知過程：最初，當牠被尼基塔捧在手裏的時候：「熱爾圖希恩的心臟絕望地『砰砰』直跳，『我「哎喲」一聲歎上一口氣都來不及，』牠想，『他就一口把我吃掉了。』牠當然清楚地知道，自己是怎樣吃掉那些蠕蟲、蒼蠅和毛毛蟲的。」接著，當尼基塔直到晚上都沒有吃牠，而只是把許許多多的蒼蠅和蠕蟲扔給牠吃的時候，牠又感到：「『先把我餵肥啊。』熱爾圖希恩思忖著，斜眼看著那條沒有眼睛的紅紅蚯蚓，牠就在牠的鼻子底下，像蛇一樣

盤成圓圈，『我不能吃牠，牠不是真蚯蚓，這是一個詭計。』」甚至做好戰鬥準備，想狠狠啄一口尼基塔撫摸牠頭頂的那隻手。當牠再次發現尼基塔只是友好地給牠餵食的時候，小說寫道：「熱爾圖希恩用小嘴理一理羽毛，心想：『這麼說，他不吃我了囉，雖然他完全可以吃我。這麼說，他是不吃鳥的了。唔，那就沒有什麼可怕的了。』」最後，當尼基塔從貓兒的威脅中再次救了熱爾圖希恩的時候，小說這樣寫道：「『沒有哪種動物能比尼基塔更厲害啊！』這場驚險過後，熱爾圖希恩思量著，於是，等到尼基塔再次走近牠身邊的時候，牠就讓他撫摸自己的腦袋，儘管牠依舊嚇得坐在尾巴上。」從此，他們慢慢成為朋友。

值得一提的是，這部小說雖然只是一個僅僅十幾萬字的中篇小說，而且是一部描寫兒童生活的小說，但它的一些人物寫得很有立體感，這也可算是人性世界的一個特色吧，因為人無完人，任何人都會有他的優點和缺點。最有立體感的人物，應該是尼基塔的父親。他開朗樂觀，健康好動，愛妻子、兒子，富於同情心（救馬），對孩子的教育有正確的觀念（自立自強、熟悉生活、瞭解勞動）。與此同時，他又富於幻想，甚至常常沉溺於一些不切實際的幻想之中，如把青蛙餵肥，醃製起來，送到法國巴黎去賣。他還酷愛購物，尤其是喜歡買一些中意的或稀奇的東西，而不管自己家裏的經濟情況如何，也不管這些東西有用沒用，他的口頭禪是：「我非常碰巧買到了十分便宜的東西」，彷彿他亂花錢還撿了個便宜似的。小說寫了他買的不少東西：公馬洛爾德·拜倫、美國的新農業機器、橡木門窗、駱駝、中國花瓶。儘管他有這麼一些缺點，但在小說中他

的優點更多，是一位十分可愛的人物，也是我們在生活中常常見到的一類人物。此外，米什卡也頗有立體感：一方面他很有組織才能，聰明能幹，另一方面，他又有點吹牛，到關鍵時候膽怯得臨陣逃跑。莉莉婭也一方面美麗非凡，天真活潑，富於同情心和激情，另一方面又比較高傲，甚至有點冷漠。

當然，阿·托爾斯泰作為一個出色的小說家的特點，也在這部篇幅不長的中篇小說中體現出來：即使是在瑣瑣碎碎、簡簡短短、平淡無奇的日常生活中，他也善於寫出富於轉折和動作性的故事來，並且，進而因此而寫出人的性格乃至生活的哲理。

如「會戰」一節，先寫尼基塔的朋友米什卡·寇里亞紹諾克一再鼓動他去參加針對鄰村孩子的「會戰」，並且預先留下伏筆，提到孔羌村的孩子王斯捷普卡·卡爾瑙什金的拳頭曾經唸過咒語、施過魔法，很有威力。尼基塔滿懷信心地和本村的孩子們去向鄰村的孩子挑戰。可是，當鄰村的孩子尤其是斯捷普卡出現後，本村的孩子們卻都害怕斯捷普卡那「施過魔法」的拳頭，連這場「會戰」的組織者、個子和力氣都較大的米什卡都害怕了，只是嘴裏嘀嘀咕咕著：「比這個更厲害的我都撂倒過，這個，也算不上沒有見過的稀罕事。我只是不喜歡先動手，可是，他要是把我惹翻了，我非得給他點厲害瞧瞧，打得他帽子都飛到兩沙繩外去。」而不敢應戰，甚至跟著慌亂的孩子逃跑了。尼基塔起初也受了影響，隨著人群往本村逃。但是孔羌村孩子的窮追猛打，激起了一向勇敢的尼基塔的憤怒，他毅然獨自挺身而出，朝著兇猛的、大家聞之喪膽的斯捷普卡

迎面衝去，揮拳把他打倒在地，把孔羌村的孩子嚇得往回飛跑。本村的孩子奮勇追擊，從而反敗為勝。最後，尼基塔與斯捷普卡不打不相識，反而因此互相欽佩，成為好朋友。生活中毫不起眼的一場鄉村孩子打群架的小小事件，竟被作家以生花妙筆寫得如此跌宕起伏，引人入勝。而且，不只是如此，他還寫出了人物的性格：米什卡的善於組織、鼓動及臨陣膽怯，斯捷普卡的勇猛與憨直，尼基塔的勇敢和越是危險越有鬥志……等等，都躍然紙上；更寫出了生活的哲理：臨危不懼，勇敢面對，沉著應戰，總能取得應有的成績；許多事情，耳聽是虛（如斯捷普卡的拳頭），眼見為實，不能盲目相信各種傳說之言。

又如尼基塔的父親回家，也寫得曲折有致。瓦西里・尼基季耶維奇好幾個月沒有看到妻子和兒子了，因此他不顧神父的勸阻，在一夜暴風雨後，冒著道路被淹、河水飛漲的危險，急急忙忙騎馬回家。結果，不小心掉進河裏，陷在「雪粥」之中。他好不容易掙扎出來，趕忙獨自往岸上跑，但那匹馬見到主人不顧自己非常憤怒，慢慢追上來，用蹄子踩住了他的外衣，把他拖進了水底，眼看他就要完蛋了。幸虧他水性不錯，再加上外衣湊巧又脫掉了，於是逃得了性命。當他脫離了危險，看到那匹已經開始被淹的馬發出嘶嘶悲鳴，又不顧危險、不計前嫌，轉身回去，救出了這匹馬。但這時，人和馬都已渾身無力，死亡張開黑漆漆的大口眼看著就要狂吞過來。就在這時，他忽然發現，他們已經走出了「雪粥」。於是，他們力氣陡增，爬上了河岸。可是，前面還有兩條更兇險的河流，而他們在寒冷的河水裏已經耗盡了力氣，一身都濕淋淋的。幸好，有人

發現他掉進河裏，報告了他妻子，妻子派來營救的人這時趕到了……簡單不過的一段短短的回家路程，竟被作家寫得如此一波三折，驚心動魄，不愧為寫小說的高手！而且，他還寫出了一匹通人性的馬：公馬洛爾德・拜倫由於是父親新買的，和主人之間還沒有建立深厚的感情，因此，當牠看到新主人在危難之中棄自己而去的時候，忠誠之心燃起了熊熊怒火，追上去用腳踢他，結果踩進了主人敞開的外衣中，於是把他拖進水底，而當主人後來救了牠之後，牠對主人充滿感情，極力掙扎著往前走，結果僥倖脫險。也寫出了父親性格的另一面：心地善良，對動物充滿了愛。當然，起初他沒有想到去救洛爾德・拜倫，但這並不意味著他心地不好。因為，這時最重要的是怎樣從「雪粥」裏脫險，然後再想搭救之策。而且，當他發現自己竟一點都沒想到要救公馬的時候，也頗有點自責。後來，他更是冒著生命危險——當時是陷在極其寒冷的「雪粥」中，多停留一會就多一分生命的危險——救出了公馬。這一節在某種程度上也闡明了這樣一個生活哲理：人與人、人與動物之間，是彼此依存、互相關聯的，應該互相幫助，才能相處和諧，共度生活中的各種難關。

本書譯自Минск Издательство《Юнацтва》一九八三年（明斯克，《尤尼茨特瓦》出版社一九八三年）的Алексей Николаевич Толстой《Детство Никиты》（Повесть）〔阿列克謝・尼古拉耶維奇・托爾斯泰的《尼基塔的童年（中篇小說）》〕，這是給蘇聯中學生的一本讀物（Для среднего школьного возраста）。

在翻譯這本書的過程中，譯者常常被帶回到在農村大自然中度過的童年和少年時代。正是湖南省邵陽市資江岸邊美麗多姿的大自然和純樸善良的農民們，培育了譯者童年的詩心，尤其是譯者的母親劉陽秀，她任勞任怨，善良忠厚，對人和萬物都充滿愛心，既對兒子在做人和道德上有相當嚴格的要求，又給他足夠的自由空間，讓他在小夥伴中、在大自然裏自由玩耍、盡情嬉戲，健康成長。譯者能寫詩，能有今天的成就，首先得感謝母親。謹以這本小書獻給母親，同時也希望世界上更多一些這樣的好母親。

導讀

——一曲懷念的抒情歌

張雪萌

如果有一個男孩長到十三歲，突然被告知，他一直最親愛的爸爸其實是他的繼父，他的親生父親居住在另外一座城市裏，是一位富有而狂傲的伯爵，還和列夫・托爾斯泰那樣的大文豪是親戚……

這會不會讓這個孩子感到非常茫然呢？

俄國作家阿列克謝・托爾斯泰在少年時就遭遇過這種情形。

儘管他竭力讓自己和全家人都相信，繼父仍將是他心目中最好的、唯一的爸爸，而且他始終拒絕和自己的親生父親相見。但是，有些東西已經無可逆轉地改變了——他曾經無憂無慮的童年時光一去不復返，從此以後，他是個有心事的人了。

他將會長大，變成嶄露頭角的年輕作家，繼承生父的遺產和爵位，充當一個喜新厭舊的丈夫，有時還是個不稱職的父親，「十月革命」後流亡海外多年，最終又回到蘇聯、成為史達林身邊的「紅色伯爵」……

但是，再沒有哪一段時光能像十三歲以前的日子那麼令他懷念了。

他能在心裏一遍一遍地重溫那時的幸福，同時卻明白，它們已經被時間帶走，並送進了記憶的國度。

一個人到了這個時候還能做什麼呢？除了拿起筆來，把記憶裏的東西都寫下來，讓它們在文字裏一直鮮明地活著。

阿列克謝就是這樣做的。我們現在看到的《尼基塔的童年》，就是他回憶自己十歲左右時的生活，創作的一部自傳體小說。

*純真年代

小說的主人翁是個名叫尼基塔的小男孩。他是作者曾經的自己，也許也是最好的自己。所以，作者會把自己最喜歡的這個名字「尼基塔」賦予他。

他的家在鄉下，一座不很豪華、但很溫馨的莊園裏。

要說起來：小孩子到底是在城市長大好，還是在鄉村長大好呢？

這兩種環境各有各的好處吧。正所謂「魚與熊掌」，看我們想要哪一個了。

對於愛玩好動的小朋友來說，鄉村生活大約總是更難忘一些。在那裏，一出門就是大自然，

好像一座天然的大公園，逗引著你去玩耍。哪怕是白雪皚皚的冬日，天氣也會好得讓人不忍心待在房子裏，難怪尼基塔想要偷偷溜走，翹課去河邊美美地滑一場雪。

身在鄉村，也可以擁有很多動物朋友。天氣暖和起來，各種小鳥好聽地叫著，讓人心裏感到那樣悠遠。家裏面馬呀、牛呀、貓呀、狗呀、小雞小鴨，一應俱全；還有媽媽的寵物刺蝟，是個可笑的角色；還有尼基塔撿來的八哥雛鳥，在他的精心照料下一天天長大了……

身在鄉村，生活不那麼便利，你要多做很多事情，有時這也未嘗不是好事。比如，要是早就修好了平坦的公路，並且有快速的交通設備，尼基塔就可以搭上車，「嗖」的一下抵達目的地。但是現在，沒有這些，為了去鄰近的村莊辦點事，他得騎上馬，隻身馳騁過草原，和金色的麥浪、在高空盤旋的蒼鷹為伴，嗯，多自由，多舒暢，好像傳說故事裏的騎士……

＊那些神祕的東西

雖然是個聽課時不專心的學生、打架時奮勇的小鬥士，但尼基塔內心並不缺乏細膩專注的一面，他常能從平淡中感受到微妙與幻夢。

他盯著窗戶發呆，那上面的冰花裏好像有神祕的圖形和文字，把動人的詩句自動呈現在他眼前。

他度過了有生以來最快樂的一個耶誕節。這快樂有很大一部分原因，是因為在場的賓客當中，有一位眼睛藍瑩瑩、態度卻冷冰冰的漂亮小女生莉莉婭。當歡宴結束，他獨自在雪夜中漫步時，他覺得自己簡直像中了某種魔法。

還有家裏那些朝北的、陰森森的房間，裏面堆滿了陳舊的東西，它們經常進入他的夢境，夢裏還有人對他說話，告訴他那個大花瓶裏藏著一件寶物——這會是真的嗎？

還有很多繽紛的、有滋有味的時刻。但是春去秋來，尼基塔要離開這個家了，爸爸媽媽要帶他去城裏上學，不久後還將賣掉莊園。

他那樣熟悉和親愛的家，曾經像他生命的一部分一樣，就這樣淡出他的生活了。當他還屬於它的時候，他一定從未想過有一天會是最後一次見到它。但是這一天真的來了，人生也就是這麼無常。你還有很多感情未曾消散，寄託這些感情的對象已經沒了。

所以《尼基塔的童年》會那麼抒情，有如一曲懷念的歌。

主要人物和動物表

尼基塔（小名：尼基圖什卡）：本書主人公，九歲至十歲的兒童。

阿爾卡季・伊萬諾維奇：尼基塔的家庭教師。

瓦西里・尼基季耶維奇：尼基塔父親，貴族莊園主。

亞歷山卓・列昂季耶芙娜（小名：沙莎）：尼基塔的母親。

安娜・阿波羅索芙娜・巴布金娜：母親的女友，薩馬拉城的貴族婦女。

維克多・巴布金：安娜的兒子，薩馬拉城的二年級中學生。

莉莉婭・巴布金娜（小名：莉列奇卡）：安娜的女兒，尼基塔的小「戀人」。

米什卡・寇里亞紹諾克：尼基塔的朋友，主要負責放牧牲口。

斯捷普卡・卡爾瑙什金：尼基塔的朋友，村童。

阿爾喬姆：長工。

帕霍姆：木匠。

杜妮雅莎（小名：杜尼婭）：擠奶女工。

斯捷潘妮達：尼基塔家的女廚子。

瓦西里：尼基塔家的雇工。

謝爾蓋・伊萬諾維奇：尼基塔家的馬車夫。

瓦西里・瓦西里耶維奇：貓，尼基塔家餵養的「禽獸王國」的三大成員之一。

阿希爾卡：刺蝟，母親的寵物，尼基塔家餵養的「禽獸王國」的三大成員之一。

熱爾圖希恩：八哥，尼基塔家餵養的「禽獸王國」的三大成員之一。

洛爾德・拜倫：公馬，尼基塔父親的愛馬。

克洛皮克：騸馬，尼基塔的坐騎。

目次

1 陽光燦爛的早晨

尼基塔一覺醒來，長吁一口氣，睜開了雙眼。透過玻璃窗戶上寒氣凝成的種種冰花花紋，透過那些神異地描畫出來的銀燦燦的星星和手掌形的葉簇，閃閃的陽光照了進來。屋子裏的陽光白晃晃的。洗臉盆反射出一大塊光斑，在牆上滑來滑去，顫個不停。

尼基塔一睜開雙眼，馬上就記起了昨天晚上木匠帕霍姆對他說的話：「我這就給它塗上牛糞，再好好地澆上水，你明早一起來就可以坐上它，到外面走一走啦。」

昨天傍晚，帕霍姆，這個只有一隻眼睛、滿臉麻子的農夫，拗不過尼基塔的一再請求，給他做了一輛滑雪車。滑雪車是這樣做的：在停放馬車的車棚裏，在木工臺上，在相互纏繞、香氣濃郁的一圈圈刨花堆中，帕霍姆刨好兩塊木板和四條木腿；滑雪車下面的那塊木板，前面削得鼻子那樣微微上翹，以免它插入雪裏被卡住；木腿的底部削得尖尖的；上面那塊木板，每邊鑿出兩個開口，來楔住木腿，以便坐得平平穩穩。下面那塊木板，塗抹上牛糞，並且在嚴寒中三次給它澆水，這樣澆三次凍三次之後，它就像鏡子一樣光滑了。上面那塊木板，綁上一根繩子，用它來拖動滑雪車，當它滑下山坡時，也可以控制方向。

當然啦，現在滑雪車早已做好了，就放在臺階旁。帕霍姆就是這麼一種人——「如果我答應了人家什麼事情，」他常常這樣說，「那就像法律一樣，鐵定辦得成。」

尼基塔坐在床邊上，凝神細聽。整棟房子裏都靜靜悄悄的，看來，應該還沒有一個人起床。假如他飛快穿上衣服，當然也不洗臉也不刷牙啦，那他就必定能從後門溜進院子裏了。而從院子裏馬上就可以來到河上，那裏陡峭峭的河岸上，風吹集了一個個高高的雪堆，從那裏坐上滑雪車，就飛了起來……

尼基塔從床上溜下來，踮著腳尖，跑過地板上被太陽曬得暖呼呼的一個個方塊……

就在這時，門「吱呀」打開了一點，朝著屋裏伸進一個腦袋，它帶著一副眼鏡，長著兩道突出的棕紅眉毛，和一撮油光光的棕紅鬍子。這個腦袋眨了眨眼睛，說：「起床了嗎，你這調皮鬼？」

2
阿爾卡季・伊萬諾維奇

這個長著棕紅色鬍子的人，就是尼基塔的家庭教師阿爾卡季・伊萬諾維奇，他昨天晚上就已暗中摸清了一切，因此今天早晨故意早些起床。

這個阿爾卡季・伊萬諾維奇，是一個非常機靈也很有心計的人。他笑微微地走進尼基塔的屋裏，站在窗戶旁邊，對著玻璃哈氣，等到玻璃變得晶明透亮，他便整一整眼鏡，朝院子裏望去。

「啊，臺階旁放著，」他說，「一輛多漂亮的滑雪車呀！」

尼基塔一聲不吭，緊皺雙眉。他只得穿上衣服，接著就去刷牙，並且不只是洗臉，連耳朵甚至脖頸都洗了一遍。洗完後，阿爾卡季・伊萬諾維奇便摟著尼基塔的肩膀，領著他走進餐廳。母親穿著一身灰撲撲、暖呼呼的衣服，早已坐在桌子旁守著茶爐了。她捧住尼基塔的臉蛋，用清亮亮的眼睛望著尼基塔的眼睛，然後吻一吻他：「睡得好嗎，尼基塔？」

然後她伸出一隻手遞給阿爾卡季・伊萬諾維奇，親切地問道：「您睡得怎麼樣啊，阿爾卡季・伊萬諾維奇？」

「睡覺嘛，我倒是睡得很好。」他不知道為什麼棕紅的鬍子上都掛滿了微笑，回答道。他靠

著桌子坐下，往茶裏倒了點牛奶，扔了一塊糖到嘴裏，用白淨淨的牙齒咬住它，隔著眼鏡片，向尼基塔使了個眼色。

阿爾卡季・伊萬諾維奇真是一個讓人無法忍受的人——他總是尋開心，總是眨眼睛，任何時候說話都不開門見山，而總是拐彎抹角，讓人心裏惶惶的，想上老半天。比如說，媽媽剛才明明白白地問他：「您睡得怎麼樣？」他卻回答：「睡覺嘛，我倒是睡得很好。」這句話的潛臺詞其實就是：「可是這個尼基塔卻只想躲過早餐，逃過功課，跑到河上去，而且就是這個尼基塔，昨天逃掉了德語翻譯課，卻在帕霍姆的木工臺邊足足坐了兩個小時。」

阿爾卡季・伊萬諾維奇從來不說尼基塔的壞話，這一點不假，可是他的話，尼基塔得時時刻刻豎起耳朵留神細聽。

吃過早餐，媽媽說夜裏涼颼颼、寒浸浸的，冷得厲害，外屋水桶裏的水都凍成冰了，又囑咐尼基塔外出溜達時要戴上圍巾帽[1]。

「媽媽，說實話，熱烘烘的，太熱了。」

「我請你戴上圍巾帽。」

1 圍巾帽有兩條長長的帽耳，既可當帽子，又可做圍巾。

「那它一定會刺得我滿臉癢酥酥的，憋得我心裏悶乎乎的，媽媽，我戴上圍巾帽只會感冒得更厲害呢。」

媽媽默默地看看阿爾卡季・伊萬諾維奇，又看看尼基塔，等她再說話時，聲音都有點顫抖了：「我不知道，你跟誰學得這麼不聽話了。」

「我們上課去吧。」阿爾卡季・伊萬諾維奇說，他毅然站了起來，急火火地搓著雙手，好像這世上再也沒有比讓你昏昏欲睡的做算術題、聽寫諺語和俗語更快樂的事情了。

在那間寬綽綽、空蕩蕩、白潔潔的屋子裏，牆上掛著一張畫出兩個半球的地圖，尼基塔坐在桌子旁，桌面上斑斑點點到處都是墨水痕跡，並且亂畫著一張張小臉。阿爾卡季・伊萬諾維奇打開了算術習題集。

「唔，」他神采奕奕地說，「我們上次學到哪裏啦？」他用一支削得尖尖的鉛筆在一道算術題上標出記號。

「一個商人賣出幾俄尺藍色呢絨，每俄尺三盧布六十四戈比，又賣出一些黑色呢絨……」尼基塔讀著。倏然間，又像往常那樣，這個算術書裏的商人在他的腦海中浮現出來。他穿著一件滿是灰塵的長長常禮服，長著一張黃蠟蠟、陰沉沉的臉兒，悶悶不樂，單調呆板，憔悴不堪。他那個小店鋪黑洞洞的，就像一條地下縫隙；那灰塌塌的平坦貨架上，放著兩塊呢絨；商人伸出一雙瘦筋筋的手，從貨架上把布拿下來，用昏濛濛、呆癡癡的眼睛望著尼基塔。

「喂，你到底在想什麼呀，尼基塔？」阿爾卡季・伊萬諾維奇問道，「這個商人一共賣出十八俄尺呢絨。藍色呢絨和黑色呢絨各賣出多少？」

尼基塔皺了皺眉頭，商人整個兒被砸得粉碎，那兩塊呢絨也鑽進牆裏，捲入塵埃……

阿爾卡季・伊萬諾維奇感歎道：「唉，唉！」於是，他開始講解，用鉛筆飛快地寫出幾個數字，把它們乘完了又除，嘴裏不斷念念有詞：「進一，進二。」尼基塔感到，在他做乘法的時候——「進一」或者「進二」，這兩個玩意便從紙上「唰」地飛跳進他的腦裏，在那裏撓癢癢，讓他牢牢記住它們。這真叫人很不愉快。而太陽在教室那兩扇結滿冰花的窗戶上，一閃一閃地發著光，誘惑他：「我們一起到河上去啊！」

算術課終於上完了，聽寫又開始了。阿爾卡季・伊萬諾維奇挨著牆邊，走過來走過去，用一種從來也沒有人說過的極度昏昏欲睡的聲音，開始唸叨：「……大地上所有的動物，都經常勞動，工作。學生是聽話的，勤奮的……」

尼基塔吐出舌尖，揮筆疾書，那支筆「吱吱」作響，墨水四濺。

忽然，房子裏有扇門「砰」的一響，並且聽見冰凍的氈靴在走廊上「橐橐」行走的聲音。阿爾卡季・伊萬諾維奇放下書本，側耳細聽。媽媽那喜欣欣的聲音在不遠的地方響玲玲的：「您帶回信件了嗎？」

尼基塔把頭完全伏在練習冊上，以便強忍住不笑出聲來。

「聽話的，勤奮的。」阿爾卡季・伊萬諾維奇好像唱歌似地拖長聲音重複道。

「『勤奮的』我已經寫好了。」

阿爾卡季・伊萬諾維奇扶一扶眼鏡：「那麼，大地上所有的生物，都是聽話的，勤奮的……你笑什麼？……弄上墨點子了嗎？……最好，我們現在還是休息一會兒吧。」

阿爾卡季・伊萬諾維奇閉緊嘴唇，用像鉛筆一樣長長的手指威嚇了一下，就一陣風似地從教室裏走了出去。他在走廊裏問媽媽：「亞歷山卓・列昂季耶芙娜，有沒有我的信？」

尼基塔猜想，他準是在等著誰的來信。不過，時間可是一點也浪費不得。尼基塔穿上短皮外衣、氈靴，戴上帽子，把圍巾帽塞進抽屜櫃，好讓人看不到它，就跑了出去，來到了臺階上。

3 雪堆

寬闊的院子裏，到處都鋪上了一層白瑩瑩、軟柔柔、亮閃閃的細雪。雪上深深的行人腳印和密密麻麻的狗蹄痕，發著藍幽幽的光。空氣冷森森、清凜凜的，使勁擰疼他的鼻子，像針一樣刺痛他的雙頰。馬車棚，板棚[1]，牲口棚，都戴著白絨絨的雪帽子，矮矮墩墩的，就像長進了雪裏似的。雪橇的滑鐵劃出的兩道痕跡，就像劃玻璃那樣，從臺階邊筆直穿過整個院子而去。

尼基塔踏著白雪「咯吱」作響的一級級臺階，從臺階上往下飛跑。臺階下面放著一輛新簇簇的松木滑雪車，帶著一卷已經搓好的韌皮繩子。尼基塔上上下下前前後後細細打量著，它做得結結實實。他試了一試，它滑得輕輕快快。他把滑雪車揹到背上，抓起一把小鏟子，心想也許用得著它，便順著繞花園的路，向河堤上跑去。那裏矗立著一棵棵樹幹粗大、樹冠很寬、高得幾乎挨著藍天的柳樹，全身披著皚皚的一層厚厚冰霜，每一根枝條就像是用雪做成的一樣。

1 一種寬大而不舒適的房間。

尼基塔轉向右邊，朝河邊走去，儘量踩著別人的腳印，走在大路中間，碰到還沒有人走過的潔白無瑕的雪地，他就掉轉身子退著走，好讓阿爾卡季・伊萬諾維奇蒙在鼓裏。

恰格拉河壁陡壁陡的兩岸，在這些天裏，已經被風吹集了一個個毛茸茸的巨大雪堆。有些地方，雪堆以假亂真地變成了高聳河上的河岬。只要一站到這樣的河岬上，它就立即「喊咔」一聲裂開，往下崩落，整個雪山就在雪塵飛揚而成的一片雲霧裏轟然倒塌下去。

右邊，恰格拉河在白茫茫、荒漠漠的田野裏，像一條青濛濛的影子，蛇行向前。左邊，在最直壁壁的河岸上，索斯諾夫卡村的農村木屋黑簇簇的，井口的取水長吊桿高高地直立著。一股股藍雲雲的炊煙，從屋頂上高高升起，又慢慢消失。在那鋪滿白雪的陡岸上——那裏被今天早晨從爐灶裏掏出的灰燼，污染得斑斑點點地黃焦焦、條條塊塊地黃糊糊——有許多小小的人影在移來動去。這是尼基塔的朋友們，是村子裏「我們這一邊」的孩子們。而再遠一點，在河流拐彎的地方，隱隱約約可以看見另一群孩子，那是孔羌村的，是一些可怕的危險分子。

尼基塔拋開小鏟子，把滑雪車放到雪地上，像騎馬那樣坐到車上，緊緊地抓住繩子，兩腳蹬了兩次，滑雪車就自動從山上向下飛滑。風兒在兩耳旁大聲呼嘯，雪塵在兩邊升騰成雲霧。「唰唰」下滑，不斷「唰唰」下滑，快得就像箭一樣。突然間，就在直壁壁河岸上積雪的盡頭，滑雪車一下子飛馳到空中，又落到冰上滑行。它滑得越來越慢，越來越慢，最後停住不動了。

尼基塔開心地呵呵一笑，從滑雪車上下來，蹚著齊膝深的白雪，吃力地拖著滑雪車往山上走。他剛氣喘吁吁地爬到岸上，就在不遠處的白茫茫田野裏，看見了阿爾卡季・伊萬諾維奇的黑色身影，看上去好像比他本人的身材高大一些。尼基塔趕忙抓起小鏟子，跳上滑雪車，往下飛滑，並且順著冰層，飛快地滑向那一群雪堆，它們像河岬那樣低垂在河面上。

尼基塔爬到雪岬的頂子下面，馬上開始挖一個大洞。這個工作可真是太容易了，小鏟子這麼一揮，雪就切掉了一大塊。挖好這個大洞，尼基塔就鑽進洞內，並把滑雪車拖進裏面，然後開始從裏面用雪團塞住洞口。小小雪牆堵住了洞口，洞裏到處浮泛著藍幽幽的濛濛光亮，舒適極了，暢快極了。

尼基塔坐了下來，心想：「無論哪個孩子都沒有這麼妙不可言的一輛滑雪車呀！」他掏出一把小摺刀，開始在上面那層木板上刻上一個名字：「維耶維特」。

「尼基塔！你躲到哪裏去了？」他聽見阿爾卡季・伊萬諾維奇的喊聲。

尼基塔把小摺刀塞進口袋裏，從雪團之間的小小縫隙裏往外張望。阿爾卡季・伊萬諾維奇站在下面的冰上，抬頭四處尋望：「你在哪裏，你這調皮鬼？」

阿爾卡季・伊萬諾維奇扶一扶眼鏡，向雪洞這邊走來，但他馬上就陷進齊腰深的雪裏：「快走出來，反正我要把你從那裏拖出來的。」

尼基塔一聲不吭。阿爾卡季・伊萬諾維奇試著往上爬，可是又陷進了雪裏，他把一雙手插進口袋裏，說道：「你如果不想出來，那就別出來算啦。就待在裏面吧。可有這麼一件事——媽媽

接到了一封從薩馬拉[2]寄來的信……好吧，再見了，我走了……」

「什麼信？」尼基塔問道。

「啊哈，原來你到底還是在這兒。」

「告訴我呀，是誰寄來的信？」

「是一封告訴我們有人要來過節的信。」

洞頂的雪團立即開始飛了起來，尼基塔的腦袋從雪洞裏伸了出來。阿爾卡季・伊萬諾維奇喜滋滋地笑了起來。

---

2 俄羅斯的一個城市，現在叫古比雪夫。

4 神秘的信

在吃中飯的時候，母親終於把這封信唸給他們聽了。信是父親寫來的。

> 親愛的沙莎，我已經買好了禮物，那是我們早已決定送給一個小男孩的，在我看來，他不見得值得贈送這麼好的東西。

阿爾卡季・伊萬諾維奇聽到這幾句話，就開始怪模怪樣地眨眼睛。

> 這件東西特別大，因此得多派一輛大馬車來運它。還有這麼一個新消息——安娜・阿波羅索芙娜・巴布金娜打算帶著孩子們來我們家過節……

「再下面就讓人乏味了，」媽媽說，並且對於尼基塔提出的所有問題，她都閉上眼睛，搖搖頭說：「我什麼也不知道。」

阿爾卡季・伊萬諾維奇也悶聲不響，兩手一攤：「我什麼也不知道。」

可是總體看來，阿爾卡季・伊萬諾維奇這一整天都格外樂滋滋的，回答什麼總是牛頭不對馬嘴，並且不時從口袋裏掏出一封短信來，「嘰哩咕嚕」地唸上幾行，連嘴角都笑盈盈的。顯而易見的是，他也有自己的秘密。

暮靄紛飛的時候，尼基塔穿過院子，跑向雇工們住的下房，那裏兩扇結了冰的小窗子把燈光投射到淺紫色的白雪上。雇工們正在屋子裏吃晚飯。尼基塔吹了三次口哨。過了一會兒，他的最重要的朋友米什卡・寇里亞紹諾克走了出來，穿著一雙很大的氈靴，沒戴帽子，匆匆披著一件短皮襖。就在這下房的屋角背後，尼基塔低聲耳語著向他講述了那封信的事情，並且問他就要從城裏運來的那件東西是什麼。

米什卡・寇里亞紹諾克冷得牙齒不時捉對兒打架，說：「一件大得不得了的東西，騙你的話叫我瞎眼睛。我得跑回去了，太冷了。聽我說，我們明天要去打敗孔光村的那夥孩子。我們一塊去，好嗎？」

「好的。」

尼基塔回到家裏，坐了下來，捧著一本《無頭騎士》[1]讀起來。

---

1 這是十九世紀英國作家馬因・里德（一八一八至一八八三年）的一部長篇驚險小說：年輕勇敢的馴馬者莫里斯與種植園主的女兒路易莎熱戀，路易莎的表哥對他們的愛情十分嫉妒，試圖謀殺莫里斯，結果誤殺了表

媽媽和阿爾卡季・伊萬諾維奇都在那盞大吊燈下，坐在圓桌旁看著書。一隻蟋蟀在火爐後邊的小塊木頭堆裏，「唧唧」、「唧唧」地叫著。隔壁黑黢黢屋裏地板上的木板，不時輕輕發出「劈啪」的乾裂聲。

無頭騎士在北美的高草原上飛馳，深深的青草「啪啪」地擊打著他，一輪紅暈暈的月亮升起在湖上。尼基塔感到，自己後腦勺的頭髮陣陣發緊。他小心翼翼地回過頭去，有個灰蒼蒼的影子在黑沉沉的窗戶上一閃而過。說實話，他清清楚楚看見了它。

媽媽從書本上抬起頭來，說：「夜間起了風，暴風雪就要來了。」

弟，便嫁禍於莫里斯。經過一番曲折，無頭騎士被殺案件真相大白，兇手被捕，莫里斯與路易莎結了婚，過著幸福美滿的生活。

5 夢

尼基塔做了一個夢，這個夢已經做過好幾次了，而且總是一模一樣的情景：客廳的門輕微微、靜悄悄地開了，鑲木地板上閃爍著窗戶藍幽幽的反光。黑濛濛的窗外高掛著一輪圓月，一個亮燦燦的大球。尼基塔爬到兩扇窗戶中間一張鋪著綠呢桌布的小小牌桌上，就看到了——

對面那像粉筆一樣白的牆下，放著一個裏面有圓圓擺錘的高高座鐘，圓圓的擺錘不停地擺過來擺過去，擺過去擺過來，反射出銀晃晃的月光。座鐘頂的牆上，掛著一個鏡框，裏面畫著一個叼著煙斗、樣子嚴厲的老頭兒，他的旁邊，是一個戴著包髮帽、披著披肩的老太婆，她緊閉雙唇，望著下面。從座鐘到牆角這一段牆邊，並排擺著幾張有著寬寬花條紋的圈椅。每一張椅子的扶手都向外伸出，四條腿矮矮的就像蹲著似的。牆角裏放著一張腿兒朝外四向彎曲的矮沙發。它們坐在那裏，沒有臉兒，也沒有眼睛，挺胸凸肚地凝望著月亮，一動也不動。

一隻貓從沙發底下，從沙發的穗子下面，爬了出來。這隻貓黑溜溜、瘦兮兮的，牠伸一伸懶腰，跳到沙發上面，順著沙發向前走。牠垂下尾巴，輕輕走著。牠從沙發跳到一把椅子上，稍稍彎下身子，鑽過一個個扶手，順著牆邊的一張張椅子往前走。走到盡頭，牠就一躍而起，落在鑲木地板上，走到座鐘前面坐了下來，後背對著窗戶。擺錘在擺過來擺過去，老頭兒和老太婆在嚴厲地望著貓兒。這時，貓兒抬起前腿人立起來，一隻前爪抓住座鐘的座子，另一隻前爪極力想使擺錘停止擺動。而座鐘的座子上沒有玻璃……眼看貓爪就要夠著擺錘了。

哎呀，要是能喊出聲來就好了！可是，尼基塔卻連一根手指都無法動一下，他的身子更是一動也不能動，這真是太可怕了，太可怕了，不幸眼看就要發生……

銀晃晃的月光，在地板上照出一個個紋絲不動的長長方塊。客廳裏的一切都屏息斂氣，坐在腿上往後縮。而那隻貓伸長身子，低下頭去，雙耳往後緊貼，用前爪去抓那個擺錘。尼基塔知道，要是牠的爪子碰到擺錘，擺錘就會停止不動，就在這一瞬間，一切都會「劈劈啪啪」爆裂，「嘩嘩啦啦」摔碎，像灰塵一樣隨風飄逝，無論是客廳，也無論是銀晃晃的月光都將無影無蹤。

尼基塔恐懼得腦海裏響起了玻璃塊破碎的震耳的「劈哩啪啦」聲，渾身發麻發冷，像沙子撒落那樣嗦嗦地發抖……尼基塔憋足全身的力氣，絕望地狂吼一聲就猛撲到地板上！地板突然往下沉落。尼基塔坐了起來，四面張望。屋子裏有兩個結滿冰花的窗戶；透過玻璃可以看見一輪比往常大得多的奇異的月亮。地板上放著一個尿盆，亂扔著兩隻靴子。

「上帝啊！榮耀歸於你，上帝啊！」尼基塔趕忙在自己的胸前劃著十字，把頭伸入枕頭下面。這個枕頭軟乎乎、暖融融的，就像裏面塞滿了一個個美夢。

他剛一闔上眼睛，就看見自己又站在那個客廳的桌子上。擺錘在銀晃晃的月光下擺來擺去，

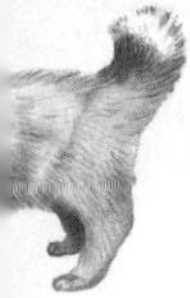

老頭兒和老太婆嚴厲地望著下面。那隻貓又從沙發下鑽出頭來。可是尼基塔伸出雙手，往桌子上一推，就使身子跳了起來，雙腳飛快飛快地騰雲駕霧著，遠離了地板，不知是在飛翔，還是在飄浮。

在房子裏飛來飛去真是特別特別爽。腳板剛一挨到地板，他就揮動雙手，於是又慢輕輕地往上飛向天花板，然後，沿著四面牆壁時而上時而下地飛來飛去。他的鼻子有時緊挨著繪有雕塑裝飾的房檐，那上面落滿了厚厚的一層灰塵，灰糊糊、細茸茸的，散發出一種使人舒服的味道。隨後，他看見牆上有一道熟悉的裂縫，就像地圖上的伏爾加河，接著，又看見一根老舊的、非常古怪的釘子，上面纏著一小段繩子，繩子上爬滿了一團團死去的蒼蠅。

尼基塔把腳往牆上一蹬，就慢悠悠地向房間另一邊的座鐘那兒飛去。在座鐘的座子上面，放著一個青銅花瓶，就在這花瓶裏面的瓶底上，有一件什麼東西，他看不清楚。突然，尼基塔似乎聽見有人在他耳邊低語：「把裏面放著的東西拿走。」

尼基塔飛到座鐘上方，把一隻手伸入花瓶。可是正在這時，那個怒轟轟的老太婆從牆上的畫裏活生生地探出身子，用一雙瘦筋筋的手抓住了他的腦袋。他掙脫出來，可是那個老頭兒從後面的另一幅畫中探出身子，揮起長長的煙斗，那麼麻利地打在尼基塔的後背上，使他立刻飛落到地板上，「哎喲」叫了一聲，就睜開了雙眼。

燦爛的陽光透過窗戶上各種冰花的花紋照進屋裏，像一粒粒火星閃閃爍爍。阿爾卡季•伊萬諾維奇站在床前，搖晃著尼基塔的肩旁，在喊他：「起床啦，起床啦，九點鐘啦。」

尼基塔頭腦清醒地起來，坐在床上，阿爾卡季・伊萬諾維奇接二連三地眨了好幾次眼，樂顛顛地使勁搓著雙手：「今天哪，你啊，我的小兄弟，不用上課了。」

「為什麼？」

「因為，因為的最後一個字是『為』。你可以盡情盡興東奔西跑整整兩個禮拜。起來吧。」

尼基塔「嘣」的一躍跳下床，在暖騰騰的地板上跳起舞來。

「耶誕節[1]假期！」

原來他已忘記得乾乾淨淨：今天就是幸福而又長長的兩個禮拜假期的第一天。尼基塔在阿爾卡季・伊萬諾維奇面前一跳起舞來，就馬上忘記了另外一件事，那就是他做的夢、座鐘上的花瓶，還有那個在他耳邊低語的聲音：「把裏面放著的東西拿走。」

---

1 耶誕節是為紀念和慶祝耶穌基督誕生的基督教節日。西元三五四年，羅馬教會規定每年的十二月二十五日是耶穌基督誕生的紀念日。現代的耶誕節已不僅僅是宗教節日，而且還是全世界流傳最為廣泛、慶祝最為隆重的世俗節日，從十二月二十四日持續到來年的一月六日。其中十二月二十四日稱為聖誕夜（平安夜），是全家團聚、共進聖誕晚餐、互贈禮品的時刻。聖誕樹是節日的必需之物，一般用小樅樹或者松樹，樹枝上掛滿裝飾品、禮物、彩燈，樹頂上還要有一顆明亮的星。

6 老屋

這整整十四天屬於自己的假期，突然出現在尼基塔的面前，他能夠想做什麼，就做什麼。這甚至使他感到有點無聊了。在吃早餐的時候，他用茶、牛奶、麵包和果子醬，泡成軟乎乎的麵包渣湯，敞開胃口大吃了一頓，結果不得不安安靜靜地坐了好一會兒。他凝視著茶炊上反映出來的自己的影像，久久驚訝著，自己的臉怎麼會這麼醜，這麼長，足足有茶炊那麼長。接著，他又想到，假如他拿起一個茶匙，折成兩段，一段做成一隻小船，另一段呢，就做成一個小小的挖子，可以這裏挖挖，那裏掘掘。

母親終於說：「尼基塔，現在真是你該出去玩玩的時候了。」

尼基塔不慌不忙地穿上衣服，用一根手指順著粉刷好的牆壁往前滑，沿著長長的走廊往前走，走廊上幾個火爐烘烤出一片溫暖舒適。走廊的左邊，靠南的那面，是幾間過冬的房子，燒旺火，可以住人。右邊，靠北的那面，是半空著的五間過夏的房子，正中那一間是客廳。屋裏的瓷磚大火爐每個禮拜才生一次火，水晶枝形吊燈都用紗布包得嚴嚴實實的，客廳的地板上放著一大堆蘋果。這棟房子過夏的這一半，到處充滿了蘋果那香噴噴而又略帶腐爛氣息的味道。

尼基塔吃力地打開橡木雙扇門，踮著腳尖走進一間間空空蕩蕩的屋子。透過半圓形的窗戶，可以看到被皚皚白雪蓋住的花園。樹木都紋絲不動地站著，白閃閃的樹枝向下低垂著，陽臺的樓梯兩邊，密叢叢的丁香樹，也被厚厚的積雪壓得稍稍彎腰駝背。在林中空地上清楚地現出野兔那發藍的腳跡。就在窗戶旁邊，一隻腦袋烏黑好像魔鬼的烏鴉，站在樹枝上。尼基塔用手指敲敲窗戶，烏鴉側著身子猛地一躥，抖開翅膀飛走了，樹枝上被烏鴉翅膀掃落的積雪「簌簌」墜地。

尼基塔走到最後那間拐角的屋子。屋裏靠牆並排放著幾個立櫃，透過櫃上的玻璃，古老書籍的硬書皮不時閃出微光。瓷磚砌成的壁爐上方，掛著一幅美得驚人的婦女的肖像。她穿著一身黑色的天鵝絨女式長騎裝，帶著手套的一隻手裏揑著一根馬鞭。她似乎正往前走，突然轉過頭來，帶著調皮的微笑，用一雙清亮亮的大眼睛直定定地望著尼基塔。

尼基塔坐到沙發上，雙手握拳撐著下巴，凝神細看那個女人。他可以久久、久久地這樣坐著，眼睛一眨也不眨地看著她。為了她——他不止一次聽母親說過，他的曾祖曾經遭受過一些創巨痛深的不幸。這位倒楣的曾祖的肖像，就掛在這兒一個書櫃的上方，這是一個骨瘦如柴、鼻子尖尖、眼睛深陷的老頭兒；他用戴著鑲寶石戒指的那隻手，輕輕按住罩著長袍的胸口；他的身旁放著一沓半鋪開的紙莎草[1]紙，和一支鵝毛筆。這一切都清楚地表明，他是一個極其不幸的老頭兒。

---

1 紙莎草，是莎草科多年生水生植物，分佈在熱帶非洲的河、湖岸邊，古代埃及用它造紙。後來，這種紙曾廣泛用於書寫。

母親說過，曾祖通常總是白天整天睡覺，夜間讀書、寫文章，只在傍晚時才出去散步。每天夜裏都有巡夜人圍著房子轉來轉去，「哐啷哐啷」地敲著銅鑼，嚇走想飛到窗下去的夜鳥，不讓牠們驚擾曾祖。據說，當年花園裏長滿了密密叢叢的高高青草。除了這間屋子，整棟房子的門都被釘死了，沒有人住。家裏的僕人全溜了。曾祖的生活真是十足的淒淒慘慘。

有一天，無論是書房裏、所有房子裏，還是花園裏，都找不到他，找了他整整一個禮拜也不見蹤影，他就這樣下落不明，銷聲匿跡了。可是，五年以後，他的繼承人接到他從西伯利亞寄來的一封神秘兮兮的信：

我在智慧中覓到了寧靜，在自然中尋到了忘卻。

所有這一切稀奇古怪的事情，全都是身穿女式騎裝的女人這根導火索引發的。尼基塔又好奇又激動地望著她。

那隻烏鴉又出現在窗外，牠落在樹枝上，抖落下積雪，慢慢低下頭去，大張開嘴，「呱呱呱呱」地叫了起來。尼基塔頓時感到毛骨悚然。他吃力地離開這些空蕩蕩的屋子，跑到了院子裏。

7 在井邊

在院子正中的水井邊，那裏四周的積雪都是黃糊糊、冰凌凌、髒兮兮的，尼基塔找到了米什卡·寇里亞紹諾克。米什卡坐在水井的邊沿上，正把戴在手上的連指皮手套的指尖部分浸在水裏。尼基塔問他，這樣做是為什麼。米什卡·寇里亞紹諾克答道：「孔羌村的孩子們全都把皮手套在水裏浸過，我們現在也得往水裏浸。手套凍硬了，打起架來管用極了！你去村子裏嗎？」

「什麼時候呢？」

「我們這就去吃午飯，吃完飯就一塊去。什麼都不要跟母親說。」

「媽媽准我出來，只是囑咐我不能打架。」

「怎麼，不能打架？那要是有人衝著你來找你的麻煩呢？我告訴你吧，誰會衝著你來找你的麻煩——斯捷普卡·卡爾瑙什金。他衝過來揍你一拳，你就——『砰』的一下倒在地上。」

「哼，這個什麼斯捷普卡，我絕對打得贏他，」尼基塔說，「我伸出一根小指頭就能把他放翻。」於是，他伸出手指演示給米什卡看。

寇里亞紹諾克看了一眼，啐了一口唾沫，用刺耳的聲音說：「斯捷普卡·卡爾瑙什金的拳頭是唸咒語施過魔法的。上個星期，他跟父親到烏傑夫卡村鎮去買鹽買魚，就是在那裏他的拳頭給唸咒語施了魔法，騙你的話，叫我瞎眼睛。」

尼基塔沉思了一會兒，當然，最好是根本不到村子裏去，可是這樣的話，米什卡又會說他是——怕死鬼。

「那麼，他的拳頭到底是怎樣唸咒語施過魔法的呢？」他問道。

米什卡又啐了一口唾沫，說：「這還不容易嗎！首先，弄點煙煤子，塗在手上，然後說三次：『塔尼——班尼，是什麼在我們下面的鐵柱子下面？』這就行啦……」

尼基塔滿懷敬意地看著寇里亞紹諾克。就在這個時候，飼養棚的大門「吱呀」一聲打開了，一大群綿羊從那裏跑了出來，擠成密麻麻、灰乎乎的一大堆，蹄子像算盤珠一樣敲得「嗒嗒」直響，尾巴搖個不停，羊糞蛋一粒粒往下掉落。這一大群綿羊蜂擁著圍在井邊。牠們「咩咩」叫著，你擠我撞，攀上井口，用嘴巴拱破薄冰，爭著喝水，嗆得咳嗽。一隻髒兮兮的長毛公綿羊，用牠那白色的蘿蔔花眼睛直瞪瞪地望著米什卡，「嗒嗒」地跺著蹄子。米什卡對牠大喊：「壞東西！」於是那隻公綿羊就朝他撲了過來，不過米什卡來得及跨過井口跳到另一邊。

尼基塔和米什卡在院子裏跑來跑去，哈哈大笑著，逗弄著那隻公綿羊。公綿羊在他們後面追來趕去，轉念一想，又「咩咩」地叫了起來，似乎在說：「你自——自——自——己才是壞——東——東——東——西呢。」

有人在後門那邊喊尼基塔去吃午飯了，米什卡·寇里亞紹諾克說：「當心，別說話不算數，我們一塊去村子裏。」

8 會戰

尼基塔和米什卡・寇里亞紹諾克抄近路，穿過花園和池塘走向村子裏。在風把雪吹散的一處池塘的冰上，米什卡停留了一會兒，掏出小摺刀和一盒火柴，坐了下來，用鼻子大聲抽氣，開始在那塊裏面泛著白色氣泡的地方，用力鑿藍閃閃的冰。這種白泡叫做「貓眼」，是從池塘底冒上來的沼氣，在冰裏被凍成一個個水泡。米什卡鑿穿那塊冰，點燃一根火柴，湊近那個小孔，「貓眼」突然冒出了火焰，火焰那略帶黃色的無聲火舌飛竄到冰上。

「瞧，這可對誰也不能說，」米什卡說，「下個禮拜我們再到下面那個池塘去點燃那些『貓眼』，我知道那裏有一個——比一棟房子還要大，可以燒整整一天呢。」

兩個小男孩在池塘上飛跑，吃力地鑽過對岸倒伏的黃茶茶的蘆葦，走進了村子。

這年冬天，下了很多雪。院子裏風兒能橫衝直撞的地方，很少有積雪，可是房子兩側，逆風的地方，雪卻堆得比屋簷還高。

那個無田無地、孤苦伶仃的農民——瘋子薩沃西卡的小草房已完全給埋在雪裏了，只有一個煙囪露在雪上。米什卡說，三天前全村的人都跑來了，大家用鐵鍬把薩沃西卡從雪底挖了出來，

可他這個瘋子，在夜裏被漫天大雪埋住的時候，卻生起爐子，熬了一鍋清菜湯，喝完後就爬到火爐上睡著了。大家找到他時，他正像豬一樣睡在火爐上，就叫醒了他，使勁揪他的耳朵，恨他真是蠢到家了。

村子裏空落落、靜悄悄的，有幾個煙囪在輕輕嫋嫋地冒著煙。一輪昏濛濛的太陽，把灰暗暗的光線，低低地塗在白茫茫的平原上，塗在蒙著皚皚白雪的乾草堆和屋頂上。尼基塔和米什卡走到阿爾塔蒙·秋林門前。秋林是一個兇狠的莊稼漢，全村的人都怕他，他是那麼強壯有力，又是那麼脾氣暴躁。尼基塔從小窗口往屋裏張望，看到了阿爾塔蒙那像笤帚一樣的棕紅鬍子，他正坐在桌子旁，端著一隻大木碗，大口吃著東西。從另一個小窗口，尼基塔看見三個長著雀斑的男孩。這是阿爾塔蒙的三個兒子：謝姆卡、連卡、阿爾塔莫什卡——梅尼紹伊[1]。他們站在窗前，把鼻子緊貼在玻璃上看著外面。米什卡走近草房，吹了一聲口哨，阿爾塔蒙扭過頭來，他那張大嘴還在不停地咀嚼，他舉起湯匙威嚇了米什卡一下。三個男孩子「唰」地不見了蹤影。轉眼間，他們就出現在臺階邊，用寬腰帶緊紮著短皮大衣。

「呸，你們，」米什卡把帽子往耳朵邊一推，說道，「呸，你們，丫頭片子！……坐在家裏啦……害起怕來啦……」

---

1 梅尼紹伊（меньшой）在俄語中意為「更小的」、「最小的」，也可譯為「小阿爾塔蒙」。

「我們什麼也不怕。」長著雀斑的三人中，謝姆卡站出來說。

「爸爸不准我們把氈靴搞破了。」連卡說。

「我方才還去過一趟，喊罵過孔羌那邊的人，他們理都不理。」阿爾塔莫什卡——梅尼紹伊說。

米什卡把帽子往另一邊耳朵上推了推，「哼」了一聲，斬釘截鐵地說：「走吧，我們打他們去。我們給他們點厲害瞧瞧。」

三個長著雀斑的答道：「好啊。」

於是，他們大家爬到橫亙在街上的一個大雪堆上，從這裏過了阿爾塔蒙的草房，就是兩個村子的交界處——這個村子的終點，和另一個村子的起點了。

尼基塔本來以為，孔羌村的男孩們一定像蜂群那樣，密密麻麻地擠滿在雪堆那邊，但實際上孔羌那邊空蕩蕩、靜悄悄的，只有兩個小姑娘，頭上裹著頭巾，把一輛小雪橇拉到雪堆上，就坐在雪橇上面，穿著氈靴的腳兒前伸，用手緊緊抓住繩子，「哇哇」地尖聲叫著，滑過在糧倉旁邊的街道，接著，順著壁陡的河岸繼續下滑，落到了河面的堅冰上。

米什卡，還有緊跟在他後面的三個長著雀斑的男孩和尼基塔，開始在雪堆上喊罵起來：

「呸，孔羌的人！」

「我們找到你們門上來啦！」

「你們都躲起來啦，你們害怕啦！」

「你們出來呀，我們要扁你們一頓！」

「出來呀，我們一隻手就能打發你們，呸，孔羌的人！」

米什卡高叫著，兩隻戴連指手套的手掌拍得「啪啪」直響。

在那邊的雪堆上，出現了四個孔羌的男孩子。他們整一整帽子，用一雙帶著連指手套的手輕輕地撫摸一下兩邊的屁股，然後「啪啪拍」著，也高聲喊罵起來：「我們好怕你們呀！」

「我們早都嚇呆了！」

「癩蛤蟆，臭癩蛤蟆，呱呱，呱呱！」

這邊的雪堆上，又爬上來尼基塔的幾位夥伴——阿廖什卡、尼爾、萬尼卡・喬爾內・烏什，和那個無田無地、孤苦伶仃的農民薩沃西卡的侄兒彼得魯什卡，還有一個個子很小的小男孩，頭上戴著母親的大頭巾，十字交叉地在肚子上的衣服裏紮了個結，顯出鼓包包的大肚子。那邊的雪堆上也增加了五六個男孩。他們喊罵著：「呸，你們，滿臉麻子的，到這裏來，我們要摳掉你們的麻子。」

「斜眼的鐵匠們，你們只配給小老鼠的爪子釘鐵掌！」米什卡・寇里亞紹諾克從這邊大聲喊道。

「癩蛤蟆，臭癩蛤蟆！」

兩邊一共聚集了四十來個男孩。可是發動進攻，哪一邊都不敢搶先動手，大家都心裏害怕。

他們相互衝著對方扔雪團，用拇指抵住鼻子向對方搧動其餘四個指頭以表示蔑視。

那邊聲聲高喊：「癩蛤蟆，臭癩蛤蟆！」

這邊高喊聲聲：「斜眼的鐵匠們！」

兩邊叫喊的都是侮辱人的話。突然間，孔羌那一群人中，走出一個個頭不大、敦敦實實、長著翹鼻子的男孩子。他推開同伴，搖搖晃晃地從雪堆上衝下來，挺直身子雙手叉腰，大吼一聲：

「臭癩蛤蟆，過來呀，一個對一個，單挑！」

這就是那個拳頭給唸咒語施了魔法的赫赫有名的斯捷普卡・卡爾瑙什金。

孔羌那邊的一群孩子一起把帽子扔向空中，齊聲吹起刺耳的口哨。尼基塔這邊的孩子們卻鴉雀無聲。尼基塔回過頭去看了一看。三個長著雀斑的孩子雙眉緊皺地木然站著。阿廖什卡和萬尼卡・喬爾內・烏什在悄悄往後挪動，蒙著媽媽頭巾的那個很小的孩子，用一雙圓睜睜的眼睛瞪著卡爾瑙什金，差點兒就要放聲大哭起來，米什卡・寇里亞紹諾克呢，下意識地抻拉著肚子下邊的寬腰帶，嘴裏嘟嘟囔囔著：「比這個更厲害的我都撂倒過，這個，也算不上沒有見過的稀罕事。我只是不喜歡先動手，可是，他要是把我惹翻了，我非得給他點厲害瞧瞧，打得他帽子都飛到兩沙繩[2]外去。」

---

[2] 沙繩，又譯「俄丈」，俄國舊長度單位。一俄丈等於二・三一四米。

斯捷普卡・卡爾瑙什金發現沒有誰敢和他動手，就把手一招，高喊一聲：「放倒他們，同伴們！」

於是孔羌那一群孩子高喊混雜著呼嘯，從雪堆上飛奔著蜂擁而來。

三個長著雀斑的男孩驚慌失措，拔腿就跑，米什卡、萬尼卡・喬爾內・烏什，最後所有的孩子，都跟在他們後面逃跑，連尼基塔也跟著跑了。蒙著頭巾的那個很小的孩子坐在雪上嚎啕大哭起來。

我們這一邊的人跑過阿爾塔蒙家的院子，又跑過切爾諾烏霍夫家的院子，喘吁吁地爬到另一個雪堆上。尼基塔回頭看了一下。在後面的雪上躺著阿廖什卡、尼爾和五個我們這邊的孩子，有人是跌倒在地，有人是過分害怕主動躺下去的——別人都已躺到地上了，你總不能再打他吧。

尼基塔站了起來，雖然他由於委屈和羞恥差點沒哭出來——他們都是膽小鬼，沒人敢應戰——他挺立不動，握緊拳頭，馬上看見翹鼻子、大嘴巴、羊皮帽子下露著豎立的短髮的斯捷普卡・卡爾瑙什金，正向他猛衝過來。尼基塔低下頭，迎面大踏步奔向斯捷普卡，竭盡全力對著他的胸部就是一拳。斯捷普卡的腦袋晃了一晃，帽子掉了下來，一屁股跌坐到雪裏。

「哎喲，你，」他說，「還動真的……」

孔羌那一群孩子馬上停住了腳步。尼基塔向他們走去，他們一起往後退。我們這一邊的高呼著：「我們勝了！」趕到尼基塔前面，像一堵牆一樣，撲向孔羌那一邊的人。孔羌那邊的人撒腿飛跑。我們這邊飛趕過五六個院子，直到他們全部躺下。

尼基塔心裏興抖抖、臉上紅噴噴地回到自己村子的界限內，他東張張、西望望，還想找個人打上一架。有人叫了他一聲。糧倉背後站著斯捷普卡・卡爾瑙什金。尼基塔走到他面前，斯捷普卡皺著眉頭看著他。

「你打得我好痛，」他說，「願意交個朋友嗎？」

「當然願意。」尼基塔趕忙回答。

兩個孩子，笑盈盈的，你看著我，我看著你。斯捷普卡說：「我們交換點禮物吧。」

「好的。」

尼基塔心想：「應該給他點什麼自己最好的東西。」於是，就送給斯捷普卡一把有四片刀刃的小摺刀。斯捷普卡把它塞進口袋，並從裏面摸出一個鉛鑄的羊拐子，灌滿了鉛的羊拐子玩具[3]。

「給你。千萬別丟了，它值很多錢呢。」

---

[3] 羊拐子是俄羅斯兒童玩耍用的玩具，俗稱「打拐子」，即用一個羊蹄腕骨或類似的東西（如這裏鉛鑄的羊拐子），向遠處的另一個扔去，打中即勝。

9 怎樣熬過一個無聊乏味的夜晚

晚上，尼基塔仔細看著《田地》[1]中的插圖，讀著插圖下面的說明文字。有趣的東西很少。其中有一幅畫畫的是：一個女人站在臺階邊，手臂光光的直裸露到胳膊肘；頭髮上插著鮮花，肩膀上站著鴿子，腳上也站滿了鴿子。一個男人肩上扛著槍，正在籬笆外面衝她咧嘴笑著。

這幅插圖最叫人感到無聊乏味的是，怎麼也鬧不明白，它畫出來究竟是為了什麼。說明文字解釋道：

你們誰沒看見過家鴿，這些人類真正的朋友呢？（尼基塔跳過了關於鴿子的其他一些話）誰又會不喜歡早晨給鴿子撒米餵食呢？多才多藝的德國藝術家漢斯・烏爾斯特描繪出了這樣一個動人的瞬間。年輕的愛爾莎，牧師的女兒，走出屋子來到臺階上。鴿子看到自己最喜愛的人，喜騰騰地飛向她腳下。你瞧，一隻鴿子坐在她肩上，其他的在她手裏啄食。年

1 《田地》是俄國「十月革命」前出版的雜誌，是一種文藝和科普插圖週刊。一八七〇至一九一八年在彼得堡出版，面向廣大讀者。一八九四至一九一六年出版《每月文學副刊》，刊登著名作家作品。

輕的鄰居，是個獵人，正偷偷地欣賞著這幅圖畫。

尼基塔想像著，這個愛爾莎除了餵餵鴿子，就是餵餵鴿子，再也沒有別的什麼事了，多麼無聊乏味啊。她的父親，那個牧師，也在屋子裏的某個地方，坐在椅子上，也無聊乏味得打著呵欠。而那個年輕鄰居咧嘴笑的樣子，就像正鬧肚子疼似的，他一定會這樣咧嘴笑著，一路走過去，當然，他的槍是不會打響了。插圖裏的天空灰濛濛的，連太陽的光，也是灰濛濛的。

尼基塔把鉛筆尖稍稍蘸上點唾沫，在牧師女兒的嘴上畫上兩撇小鬍子。

下面一幅插圖畫的是布祖盧克城的景致：大路旁邊有一個里程標柱子和一個損壞了的車輪，而在遠處，是幾間小木板房和一座教堂，雨從烏雲裏斜斜地落下來。

尼基塔打了個呵欠，闔上《田地》週刊，靠在椅子上，凝神細聽。

在上面的頂層閣樓裏，不時傳來一陣陣呼嘯聲，和拖得長長的應聲嗥叫。你聽，低沉的聲音在唱：「嗚嗚嗚嗚嗚嗚嗚嗚嗚。」聲音拖得長溜溜、沉悶悶的，愁眉苦臉，就像噘著嘴在生悶氣。接著，就七彎八曲地變成細細嫋嫋、如怨如訴的聲音，像從鼻孔裏吹出來的一樣，隨後竟淒淒慘慘地變得像線那樣細。最後，又降下來變成沉悶悶的低音，就像噘著嘴在生悶氣。在圓桌頂上，亮著一盞帶細白瓷燈罩的燈兒。牆外有人順著走廊重沉沉地走過去，這是那個火夫，燈下掛著的水晶裝飾悅耳地「丁零丁零」響了起來。

母親低著頭在看書，她的頭髮是淺灰色的，細柔柔的，有一綹蟠捲在這邊的太陽穴上，那裏長著一顆黍米粒大小的黑痣。母親不時用編織針把書頁裁開[2]。她那本書的書皮是磚紅色的。爸爸的書房裏，這樣的書有滿滿一書櫃，它們全都叫做什麼《歐洲通報》[3]。他感到十分驚訝，為什麼大人們喜歡的全都是這麼無聊乏味的事：讀這樣一本書，就像磨一塊磚一樣令人厭煩。

母親的膝蓋上，睡著一隻溫馴的刺蝟阿希爾卡，牠把豬一樣的嘴巴趴在前爪上。到人們上床睡覺的時候，牠總是早已睡足、睡夠，就開始滿房子「喊哩啪啦」地東竄西跳，用爪子「嗤嗤唰唰」地抓來撓去，「哄哄啊啊」地叫個不停，在各個角落裏嗅個不休，使勁向老鼠洞裏張望，一直鬧騰到天亮。

牆外那個火夫把鐵門弄得「哐噹」響，接著又傳來他撥弄爐子的聲音。屋子裏散發著抹牆的灰泥和洗過的地板的暖熏熏的味道。雖然有點無聊乏味，但非常安逸舒適。頂層閣樓裏有個東西在使足勁兒吹著口哨：「瞿——瞿——瞿——瞿。」

「媽媽，這是誰在吹口哨呀？」尼基塔問道。

---

2 當時俄國出版的書，書頁是連在一塊的，必須邊讀邊自己裁開。

3 這是俄國著名歷史學家、作家卡拉姆津（一七六六至一八二六年）創辦的一個刊物。一八〇二至一八三〇年在莫斯科出版，為半月刊，是當時俄國最有名的雜誌。一八六六至一九一八年在彼得堡出版，是俄國資產階級自由派的文學與政治月刊。這裏指的應該是後者。

母親抬了抬眉毛，眼睛仍然沒有離開書本。正在筆記本上畫著線兒的阿爾卡季•伊萬諾維奇，好像早已等著這一問一樣，連珠炮似地回答道：「當我們說到無生命的非動物時，應該使用代詞『什麼』。」

「噗嗚嗚嗚嗚嗚嗚嗚嗚。」頂層閣樓上發出拖得長長的低沉聲音。

母親抬起頭來，凝神聽了聽，聳一聳雙肩舒散一下筋骨，又伸手拉緊絨毛肩巾。那隻刺蝟被驚醒了，怒轟轟地張大嘴「哄啊哄啊」地叫著。

尼基塔想像著，風兒怎樣捲集著雪花，從天窗吹進冷颼颼、黑漆漆的頂層閣樓。在滿是鴿子糞的巨大頂樑柱中間，橫七豎八地亂扔著一些破爛不堪的、彈簧都露出來的老椅子、舊圈椅和幾張斷成幾截的沙發。在煙囪旁的一張舊圈椅上，坐著「風」：渾身毛烘烘的，滿是灰塵，掛滿了蜘蛛網。「風」溫順地坐著，雙手托住臉頰，呼叫著：「無聊聊聊聊乏味啊！」黑夜漫漫無盡頭，可是它卻孤零零、孤零零地坐在冷森森的頂層閣樓上，呼叫著。

尼基塔從椅子上溜下來，坐到母親身邊。她慈愛地微微一笑，摟住尼基塔，吻了吻他的額頭：「不是到了你睡覺的時候了嗎，孩子？」

「不嘛，請讓我再待半個鐘頭。」

尼基塔把頭兒偎依在母親的肩膀上。房子的深處，有一扇門「吱溜溜」響了一聲，接著就出現了貓兒瓦西卡，尾巴高高翹著，整個兒，是一副溫順的道德君子相。牠張開粉紅的嘴，「咪

咪」叫著，聲音輕得剛能聽見。阿爾卡季・伊萬諾維奇盯著筆記本，頭都沒抬，就問道：「你出來有何貴幹呀，瓦西里・瓦西里耶維奇？」[4]

瓦西卡走到母親身邊，用牠那瞇成一條縫的、迷人的綠瑩瑩的眼睛看著她，聲音加大，「咪咪」叫著。刺蝟又「哄啊哄啊」地叫了起來。尼基塔覺得，瓦西卡一定知道了什麼事情，牠跑來就是為了告訴大家這件事情[5]。

風兒在頂層閣樓上絕望地大吼大叫起來。就在這個時候，窗外傳來一聲壓抑的喊叫，「吱吱嘎嘎」的踩雪聲和「嘰嘰喳喳」的說話聲。母親迅速從椅子上站起身來。阿希爾卡「哄哄啊啊」地叫著，從她膝上滾了下去。

阿爾卡季・伊萬諾維奇跑到窗前，仔細往外面看了一揮，歡呼起來：「他們來了！」

---

4 與中國人的姓名由兩部分構成而且姓在前、名在後不同，俄羅斯人的姓名由三部分構成，並且名在最前面，接著是父稱，最後是姓，即：名＋父稱＋姓。如本書的作者阿列克謝・尼古拉耶維奇・托爾斯泰，其中阿列克謝是名字，尼古拉耶維奇是其父稱（也就是說他父親的名字叫尼古拉，這主要是為了說明他是尼古拉的兒子），托爾斯泰是姓。在交際場合中，為了表示禮貌或尊敬，一般使用「名＋父稱」的形式，這裏稱貓為「瓦西里・瓦西里耶維奇」，是沿用社交場合的禮節，和貓開玩笑。

5 俄羅斯人喜愛貓，認為貓有靈性，甚至有巫術，是巫師的化身，牠那尖利的爪子能夠打退魔鬼的攻擊，並且和家神（相當於中國民間傳說中的灶神）是好朋友，能把家神馱進新居；貓還象徵著安逸舒適、治家有方、事事順心，因而是家庭幸福的象徵。俄羅斯諺語：「愛貓的人也會愛妻子」、「貓和婆娘守家，爺們和狗在外」，說明了俄羅斯人對貓的看重。俄羅斯習俗：喬遷新居時，第一個進屋的不是主人，而是貓。俄羅斯人讓貓第一個跨進新居的門檻，希望牠給家庭帶來幸福和美滿。至今，貓仍然是俄羅斯家庭的寵物。

「我的上帝啊！」母親喜沖沖地說，「難道這是安娜・阿波羅索芙娜？……冒著這樣大的暴風雪……」

幾分鐘後，尼基塔站在走廊裏，看見那扇蒙上氈子的門重甸甸地「吱嘎嘎」打開了，一團白濛濛的寒氣湧了進來，跟著出現了一位高大、豐滿的婦女，身上穿著的兩件毛皮大衣，頭上圍著的一條頭巾，上面全都蓋上了一層雪花。她手裏牽著一個男孩子，穿著一件綴著亮閃閃紐扣的灰色大衣，戴著一頂圍巾帽。緊跟他們身後，冰凍了的氈靴敲得篤篤直響，走進來一個車夫，他下巴上的鬍子凍成了一把冰，上唇上的小鬍子變成了黃巴巴的小小冰溜，眉毛也白點點、毛茸茸的。他胳膊上抱著一個小姑娘，穿著一件白茸茸的翻毛山羊皮大衣。她的頭伏在車夫的肩膀上，緊閉雙眼睡著了，小臉上流露出可愛而頑皮的神情。

高大的婦女一走進屋，就用渾厚的低音響亮地叫喚起來：「亞歷山卓・列昂季耶芙娜，來客人啦！」說著，就抬起雙手，解開裹在頭上的頭巾。「別走到我們身邊來，別走到我們身邊來，我們身上的冷氣會讓妳受涼的。唉，你們這兒的路呀，我可得說『糟糕透頂』……就在這屋子附近，我們都滑到灌木叢裏去了。」

這就是母親的朋友安娜・阿波羅索芙娜・巴布金娜，她總是住在薩馬拉城。她的兒子維克多，正等著別人給他摘下圍巾帽，他皺著眉頭望著尼基塔。母親從車夫手裏把睡熟了的小姑娘抱了過來，給她摘下皮風帽，她那滿頭金燦燦、亮閃閃的髮鬈，一下子披散開來。母親吻了吻她。

「莉列奇卡，妳到啦。」

小姑娘吁了口氣，睜開一雙藍汪汪的大眼睛，又吁了一口氣，就清醒了。

10 維克多和莉莉婭

尼基塔和維克多・巴布金第二天早晨大清早就在尼基塔的屋子裏睡醒了，他們都坐在床上，皺著眉頭，互相看著對方。

「我還記得你呢。」尼基塔說。

「我也清清楚楚地記得你，」維克多馬上緊跟著回答，「你到薩馬拉去看過我們一次，你當時還吃了那麼多的鴨子和蘋果，都吃撐著了，大家只好餵你喝了蓖麻油。」

「噢，我都不記得有這麼回事了。」

「我倒是還記得。」

兩個男孩都沉默下來了。維克多故意打了個呵欠。尼基塔藐視地說：「我有一個家庭教師阿爾卡季・伊萬諾維奇，嚴厲得可怕，用一大堆知識壓得我喘不過氣來。不管是什麼書，他都能半個鐘頭就讀完它。」

維克多冷冷一笑：「我已經上中學了，讀二年級呢。你瞧，我們那裏有多嚴厲吧：永遠不讓我吃中飯。」

「哼，這算什麼呢！」尼基塔說。

「不，對你來說這當然不算什麼。不過，我能夠一千天什麼東西也不吃。」

「啊呵，」尼基塔說，「你試過嗎？」

「不，還沒有試過。媽媽不准我試。」

尼基塔打了個呵欠，伸一伸懶腰：「可是我，你知道嗎，前天打贏了斯捷普卡・卡爾瑙什金。」

「這個斯捷普卡・卡爾瑙什金是誰呀？」

「我們這一帶的第一大力士。我只給他這麼一下子，他就『砰』的一下倒在地上了。我把自己那把有四片刀刃的小摺刀送給了他，而他送給我一個灌鉛的羊拐子。待會兒我把它給你看看。」

尼基塔蹦下床，不急不忙地開始穿衣服。

「可是我一隻手就能把馬卡洛夫詞典舉起來。」維克多氣惱惱地，用顫抖的聲音說，不過，顯而易見的是，他已經認輸了。

尼基塔走到連通暖炕的白瓷火爐前，不用手撐，就霍地跳上了暖炕，又蜷起一條腿來，用一隻腳跳到地板上。

「如果把兩隻腳動得飛快飛快的話，那就能夠飛起來。」他說，直盯盯地看著維克多的眼睛。

「噢，這不算什麼。我們班有很多人都能飛。」

兩個男孩穿好衣服，走進餐廳，那裏瀰漫著熱麵包、奶油雞蛋甜麵餅的氣味，那麼多白濛濛的熱氣從擦洗得亮閃閃的茶炊裏冒出來，縈縈繞繞地，直到天花板上，結果連窗戶的玻璃都弄得汗漉漉似的。在餐桌旁團團坐著母親、阿爾卡季・伊萬諾維奇和昨天晚上那個九歲左右的小姑娘，維克多的妹妹莉莉婭。安娜・阿波羅索芙娜・巴布金娜渾厚的低音在隔壁房間裏「嗡嗡」響起：「請給我一條毛巾。」

莉莉婭身穿一件雪白的連衣裙，紮著一條淺藍色的絲綢腰帶，背後打了一個蝴蝶結。她那金燦燦、鬈曲曲的頭髮上還有一個蝴蝶結，也是淺藍色的，看起來就像真蝴蝶。

尼基塔走到她跟前，臉兒騰地紅了，「喀」地兩個腳跟一碰弓腰行了個禮。莉莉婭在椅子上轉過身來，伸出一隻手，非常嚴肅地說：「早安，孩子。」

她說這句話的時候，噘著上嘴唇。

尼基塔覺得，這個小姑娘不是真的，她太美了，特別是那雙眼睛，藍瑩瑩、亮汪汪的，綢帶都沒它美呢，那長長的睫毛，就像絲綢一樣。莉莉婭打過招呼，就不再注意尼基塔了，用兩手捧起一隻大茶杯來喝茶，小臉蛋整個兒都被大茶杯遮住了。兩個男孩並排坐在桌子旁。維克多喝茶的時候就像個幼孩，彎腰伏在大茶杯上，把嘴唇伸得長長的，去杯子裏嘬茶。他偷偷地把一大塊糖放進了自己的杯子裏，搞得茶都釅稠稠的，於是用慘兮兮的聲音請求給他的茶裏加點水。他用

膝蓋碰了碰尼基塔，在他耳邊悄聲問道：「你喜歡我妹妹嗎？」

尼基塔沒有回答，臉上卻泛起了紅暈。

「你跟她打交道可得小心點，」維克多低聲說，「這個小姑娘總是愛到母親那裏去告狀。」

莉莉婭這個時候已經喝完了茶，用餐巾擦了擦嘴，慢靜靜地離開椅子，走到亞歷山卓·列昂季耶芙娜面前，客客氣氣、禮數周到地說：「謝謝您，沙莎阿姨。」

隨後，她就走到窗戶旁，爬上一把棕色的大圈椅，坐在自己那盤起來的腳上，也不知從哪個口袋裏，掏出了一個裝著針和線的小盒子，開始縫起東西來。尼基塔現在只能看見那個活像蝴蝶的大蝴蝶結，兩綹輕輕垂著的鬈髮，和鬈髮中間稍稍伸出來、動微微的一點點舌尖——莉莉婭用它為自己的縫紉活兒助勁。

尼基塔六神無主，失魂落魄。他開始教維克多怎樣可以跳過椅子背，可是莉莉婭頭都不抬一下，而媽媽卻說：「孩子們，要吵吵嚷嚷的，就到外面去。」

兩個男孩穿好衣服，走到了屋外。這是一個暖呵呵、霧濛濛的日子。一輪紅茸茸的太陽，低低地懸掛在一片片長長的層雲上，這片片層雲就像鋪滿白雪的片片田野。花園裏淡紅色的樹木林立，全都渾身披著銀霜。積雪上模糊不清的影子，也飽含那種暖融融的光。特別寂靜，只有後門廊邊的兩隻狗沙洛克和卡托克，並排站著，轉過頭來，衝著對方汪汪地發威吼叫。牠們就這樣呲牙咧嘴地發威吼叫，發出頻繁而斷續的汪汪聲，無盡無休，一直叫到咳得喘不過氣來，還會人立起來，用兩條前腿撲打，搞得狗毛到處亂飛，直到跑來一個雇工，不得不在牠們中間扔下一隻連指手套，才肯甘休。牠們害怕別的狗，憎恨乞丐，每天夜裏，卻不去看護房子，都躲進馬車棚裏去睡覺。

「你到底想幹點什麼呢？」維克多問道。

尼基塔盯著一隻毛蓬蓬、悶鬱鬱的烏鴉，牠正從打穀場向牛棚飛去。他不想去玩，而且，他自己也弄不明白，心裏為什麼突然間愁悒悒的。他本想提議到客廳去，坐在沙發上，讀點什麼書，可是維克多開口了：「哎喲，你呀，我瞧出來了，你只想跟女孩子玩。」

「為什麼？」尼基塔面紅耳赤地問道。

「就是因為，你自己知道為什麼。」

「去你的吧。我什麼都不知道。我們到井邊去吧。」

兩個孩子跑到井邊。母牛們每天從牛棚敞開的大門出來，到這裏飲水。遠處，米什卡・寇里亞紹諾克把一根粗溜溜的牧鞭抽得「砰砰啪啪」響，就像開槍一樣，忽然，他高喊起來：「巴揚，巴揚，當心，尼基塔！」

尼基塔回頭一看，巴揚，這頭紅灰色的短犄角公牛，寬寬的前額上長著一團團捲毛，離開牛群，正朝兩個孩子走來。

「哞——哞。」巴揚時斷時續地「哞哞」叫著，揚起尾巴在自己身上左拍右打。

「維克多，快跑！」尼基塔大喊一聲，拽住他一隻手，就向屋子跑去。

公牛在孩子們身後快步追趕。「哞——哞——哞——哞！」

維克多回頭一望，狂叫一聲，倒在雪裏，雙手捂住腦袋。巴揚離他僅僅五步。尼基塔頓時停住腳步，忽然氣憤得渾身冒火，一把扯下帽子，衝到公牛跟前，照準牠的臉「啪啪」地打起來：「滾開，滾開！」

公牛停下腳步，低下頭去。米什卡·寇里亞紹諾克從一旁「砰砰啪啪」響著鞭子飛跑過來。巴揚如怨似訴地「哞哞」叫著，轉過身子，走回井邊。尼基塔激動得雙唇都顫抖起來。他戴上帽子，轉過身去。維克多已經站在屋子附近，在那裏向他招手。尼基塔情不自禁地抬頭望了望門廊左邊第三個窗口，他看見窗戶裏有兩隻滿含驚異的藍汪汪的眼睛，上面是一個像蝴蝶那樣立著的藍色蝴蝶結。莉莉婭爬到窗臺上，望著尼基塔，忽然笑了一笑。尼基塔趕忙轉過頭去，他不再去看那個窗口。他突然快樂起來，他歡呼一聲：「維克多，我們到山上滑雪去，快點！」

他們哈哈大笑，「瘋瘋癲癲」，從山上往下滑雪，一直滑到吃中飯的時候。尼基塔猶豫不定地思忖著：「等我回家再經過那個窗口的時候，是看看窗口呢，還是不看？不，直走過去，不看。」

11 聖誕樅樹盒子

吃中飯的時候，尼基塔儘量不看莉莉婭，其實，就算他盡力想看，反正也什麼都看不到，因為在他和小姑娘中間，坐著安娜・阿波羅索芙娜，她穿著一件紅色天鵝絨坎肩，兩隻手來回擺動，用那樣響亮而低沉有力的聲音說話，震得吊燈下垂掛的玻璃裝飾都「丁零零」響。

「不行，不行，亞歷山卓・列昂季耶芙娜，」她轟鳴著，「在家裏教兒子吧。中學裏亂得一塌糊塗，不像樣子，我恨不得親手抓住那個校長，把他扔到門外……維克多，」她忽然叫了一聲，「母親說的是大人的話題，你用不著聽，你應該尊敬你的校長。哦，亞歷山卓・列昂季耶芙娜，就拿我們那些教員來說吧，都是天底下最蠢的傻瓜，一個比一個更蠢。特別是那個地理老師，他叫什麼名字，維克多？」

「西尼奇金。」

「哦，我早就告訴過你，不是西尼奇金，而是西尼亞夫金。這位教師竟然蠢到這種程度：有一次他來拜訪我們，走出客廳時，竟把一隻睡在箱子上的貓當作帽子抓起來，戴在頭上……維

克多，你是那樣拿叉子和刀子的嗎？……不要『吧嗒吧嗒』吃出聲來[1]……把椅子挪近桌子一點……妳瞧，亞歷山卓・列昂季耶芙娜，我剛才正想告訴妳什麼來著？對了：我帶來了整整一箱聖誕樅樹上用的各種各樣的零碎小東西……明天該讓孩子們把它們都黏貼上去了。」

「我倒覺得，」母親說，「他們今天就得開始黏貼，要不，就派不上用場了。」

「好啊，就按妳的想法辦吧。我還有幾封信要寫一下。謝謝妳的午飯，我的朋友。」

安娜・阿波羅索芙娜用餐巾擦擦嘴，「嘩啦」一聲推開椅子，走進臥室裏。她本來是為了寫信才去臥室的，可是才過一會兒，臥室裏那張床的彈簧便熱鬧非凡地「咔吱咔吱」起來，就像一頭大象倒在上面似的。

飯廳裏大桌子上的桌布撤掉了。母親拿來四把剪刀，開始用澱粉做漿糊。漿糊是這樣做的：母親從牆角上一個放家庭藥品的櫃子裏，取出一罐澱粉，倒了大約一茶匙在玻璃杯裏，再往裏面倒進兩茶匙冷水，就開始拌勻，直到所有澱粉變成一團濃粥。母親把茶炊裏滾開的水澆到濃粥上，用茶匙不停地使勁攪拌；澱粉漸漸變得像果子凍那樣透明。這樣，就做成了非常好的漿糊。

---

1 俄羅斯人吃飯很講究吃相：刀子、盤子、叉子不能發出「叮噹」聲，就坐和離開時桌椅不能發出響聲；進食時（包括喝酒、喝湯）不能發出「咕嘟」、「吧嗒」之類的聲音，要閉嘴咀嚼，吞嚥時也不能發出聲響；不剔牙，不打飽嗝。因此，俄羅斯人就餐時不啃骨頭或整個瓜果、麵包，而將它們切成小塊，用叉子、匙子送進嘴裏。所以，下面寫安娜・阿波羅索芙娜離開桌子時「嘩啦」一聲推開椅子，是為了突出這位有著渾厚的男低音、宣稱要抓住校長扔到門外的女性的粗獷、豪放性格。

兩個男孩把安娜・阿波羅索芙娜的皮箱搬來，放在桌子上。母親打開箱子，拿出裏面的東西：有一張張金燦燦的平溜溜壓花紋紙，有一張張銀晃晃的紙、藍英英的紙、綠沉沉的紙、黃橙橙的紙，有高級紙板，有一盒盒蠟燭、一盒盒聖誕樅樹上用的燭臺、一盒盒小金魚和小金雞、一盒盒穿線上上的空心玻璃珠，還有一盒盒頂上帶著銀色環扣的實心玻璃珠——它們那四面凹進去的地方，塗的是其他各種顏色，另外還有一盒盒響炮，一束束金線銀線，一隻隻鑲著五顏六色雲母格子和一顆大星星的燈籠。每拿出一盒新東西來，孩子們就歡呼雀躍，驚喜得直「哼哼」。

「裏面還有更好的東西呢，」母親雙手伸進箱子裏，「不過，我們暫且先不忙著打開它，而應該趕快開始黏貼。」

維克多開始黏紙鏈。尼基塔做裝糖果的漏斗型紙袋，母親則裁開紙和紙板。莉莉婭彬彬有禮地問：「沙莎阿姨，我可以黏一個小盒子嗎？」

「黏吧，親愛的，妳可以做你想做的一切。」

孩子們聚精會神地默默工作起來，鼻子裏的呼吸加重，手上沾了漿糊，就在衣裳上擦掉。這個時候母親告訴他們，很久以前，聖誕樹上的裝飾品是根本買不到的，所有的東西都得自己親手做。她親眼看見過，有一些聰明靈巧的能手做出了真正的城堡，裏面有塔樓、螺旋形的樓梯，和吊橋。城堡的前面，有一個小湖，那是用青苔圍圈起一塊鏡子做成的，湖面上游著兩隻天鵝，牠們拖著一隻金燦燦的小帆船。

莉莉婭靜幽幽、寂悄悄地一邊細聽，一邊工作，只是在用力的時候舔出一點點舌尖來為自己助勁。尼基塔放下糖果袋，一雙眼睛看著她。母親在這個時候走了出去。維克多把一條五彩繽紛的十俄尺[2]左右的紙鏈，分搭在幾把椅子上。

「您黏的是什麼呀？」尼基塔問道。

莉莉婭微微一笑，沒有抬頭，用金燦燦的紙剪出一顆金星，把它黏在盒子藍英英的蓋子上。

「您做這個盒子用來裝什麼呢？」尼基塔低聲問她。

「這個盒子是用來裝洋娃娃的手套的，」莉莉婭一本正經地回答，「您，是一個男孩子，您不懂這種事情。」

她抬起頭來，用那雙藍汪汪的眼睛嚴厲地看著尼基塔。他的臉騰地紅了，而且越來越紅，越來越熱，最後整個臉兒都變得紅通通的。

「您的臉是多麼紅啊，」莉莉婭說，「就像紅甜菜。」

隨即，她又埋頭去做盒子了。她的小臉上掛著調皮的笑容。尼基塔坐在椅子上，屁股就像被緊緊黏住似的。他不知道，眼下說什麼話好，可是不管他怎樣拚命想離開這間屋子，卻硬是動彈不得。小女孩笑他，可他並不見怪，也不生氣，反倒只是一個勁兒直定定地看著她。莉莉婭突然

---

2 俄尺是俄國舊長度單位。一俄尺等於零點七一米。

沒有抬頭，用另一種聲音問他，這樣子就好像他們之間已經有了某種秘密而他們正在用言語悄悄傳遞似的：「您喜歡這個小盒子嗎？」

尼基塔趕忙回答：「是的。我喜歡。」

「它也很招我喜歡。」她說道，並且使勁搖晃著頭，搖得蝴蝶結和鬈髮都顫悠悠地晃動。

她本想還補充點什麼，然而這個時候維克多走到他們跟前，把頭插在莉莉婭和尼基塔中間，急匆匆地問：「什麼樣的小盒子？小盒子在哪裏？……哼，盡瞎吹，只是普通不過的一個小盒子。這樣的小盒子，你要多少，我就給你做多少。」

「維克多，我真的要告訴媽媽去，你打攪我黏東西。」莉莉婭用顫抖的聲音說道。她拿起漿糊和紙，挪到桌子的另一頭去了。

維克多向尼基塔眨了眨眼睛：「我告訴過你，跟她打交道可得小心點：小饒舌婦。」

那天夜裏，很晚的時候，在熄了燈的黑黢黢屋子裏，尼基塔躺在床上，用被子連頭蒙住，從裏面用悶沉沉的聲音問道：「維克多，你睡著了嗎？」

「還沒有……我不知道……到底有什麼事？」

「聽我說，維克多……我得告訴你一個驚人的秘密……維克多……你可不要睡……維克多，聽我說……」

「呼嚕——呼——嚕——嚕——嚕。」維克多回答。

12 另一輛車運來的禮物

還在黎明時候，尼基塔就在睡夢中朦朧聽到，有人在屋裏捅火爐，接著，走廊盡頭有扇門「砰」的響了一聲——這是火夫在把一捆捆木柴和乾糞塊[1]搬進屋裏。

尼基塔樂滋滋地醒來了。早晨陽光燦爛，寒氣凜冽。窗戶上凍結出厚厚一層手掌形的冰花葉簇。維克多還在酣睡。尼基塔向他扔去一隻枕頭，可是他「哼哼」了幾聲，把頭鑽進被子裏又睡著了。尼基塔樂滋滋地飛快蹦下床，穿好衣服，考慮了一下：「該去哪裏呢？」接著便朝阿爾卡季・伊萬諾維奇那裏跑去。

阿爾卡季・伊萬諾維奇也只是剛剛睡醒，正躺在床上讀他那封早已反覆讀過足足三十遍的信。他一看見尼基塔，就抬起雙腳踢起被子，「啪」地把它甩到床上，大喊起來：「真是太陽從西邊出來了！你竟然起得比誰都早！」

「阿爾卡季・伊萬諾維奇，今天天氣多好啊！」

1 把牲畜糞壓成磚塊，曬乾，用作燃料（多用於取暖）。

「天氣嘛，我的朋友，非常好。」

「阿爾卡季・伊萬諾維奇，我有這麼一件事想問你，」尼基塔用手指在門框上摳來摳去，「您是不是很喜歡巴布金家的人？」

「你說的是巴布金家的誰呀？」

「孩子們。」

「哦，哦……那你到底希望我喜歡誰呢？」

阿爾卡季・伊萬諾維奇說這句話時雖然用的是平常的聲音，但是說得很快。他倚靠在枕頭上，看著尼基塔，臉上沒有一點笑容，這一點不假，不過，很全神貫注。顯而易見，他也已經知道點什麼了。尼基塔突然轉過身子，跑出屋去，沉思了一會，就走進院子裏。

在雇工住房的上空、在溝上澡堂的上空，還有更遠處白茫茫田野那邊整個村子的上空，都有一股股藍煙在嫋嫋升起。過了一夜，樹木上的白霜結得更厚了，池塘邊巨大的黑楊樹那雪凝凝的枝頭，已完全低垂到地上，在藍瓦瓦、寒森森的天空下，顯得枝大幹粗，格外壯觀。積雪閃閃發光，在腳下「咯吱咯吱」響。寒氣刺得鼻子一陣陣發疼，並且黏在睫毛上。

沙洛克和卡托克，站在後門廊邊一堆微微冒煙的灰燼上，面對面地相互「汪汪」大叫。米什卡・寇里亞紹諾克手裏拿著一根粗棍子，在深雪中跌跌撞撞地經過院子徑直朝尼基塔走來，——他正準備用冰凍的雪球玩一種冰球遊戲。可是就在這時，村子右邊的大路上出現了一長溜馬拉的

雪橇。它們一輛接著一輛從溝裏爬出來，慢慢騰騰地往前走，在白皚皚的雪地裏顯得矮兮兮、黑乎乎的，沿著下面的池塘，爬上堤壩。

米什卡・寇里亞紹諾克用連指手套的大拇指摁住一個鼻孔，「嗤」地擤了一下鼻涕，說：

「我們的車隊從城裏回來了，運來了小禮物。」

那些雪橇正穿過大白柳那被皚皚白雪壓成的巨大拱門下的堤壩，已經聽得到白雪被碾壓的「咯吱」聲、雪橇滑鐵發出的尖銳聲音和馬兒們的喘息聲。

像往常一樣，領著雪橇車隊，第一個進入院子裏的，是上了年紀的雇工尼基福爾，他騎著一匹棕紅色的母馬韋斯塔。

尼基福爾，這個矮矮壯壯的老頭兒，穿著一雙用繩子緊緊綁住的、凍得硬邦邦的氈靴，輕輕快快地走在那一長溜雪橇旁。他那件高領羊皮襖敞開著，豎起的衣領、帽子、他的鬍子和眉毛，都蒙上了一層銀霜。韋斯塔渾身汗如雨下，喘得兩邊肚子劇烈地一起一伏，全身冒著騰騰熱氣。尼基福爾一邊往前走，一邊轉過頭用雖然傷了風但仍洪亮的嗓子，朝後面的車隊大喊一聲：

「喂，往糧倉那邊拐。聽好嘍！最後那輛雪橇趕到房子這邊來。」

整個車隊共有十六輛雪橇。馬兒們勁鼓鼓地朝前走著，濃烈的馬汗味撲鼻而來，雪橇的滑鐵「吱吱」向前，馬鞭「啪啪」直響，車隊的上方籠罩著一團團熱氣。

最後一輛雪橇走過堤壩，慢慢靠近，尼基塔猛孤丁一下還無法搞清那上面裝的是什麼東西。

那東西體積龐大、形狀古怪，整個兒綠幽幽的，繫著一條紅豔豔的帶子。尼基塔的心開始怦怦急跳。後面加套著第二輛小雪橇的那輛雪橇上，放著一條兩頭尖尖的雙槳小船，它「咯吱咯吱」地響著，不時輕輕晃動。小船的旁邊，聳立著兩把綠幽幽的船槳，和一根尖端帶著教堂式銅圓頂的桅杆。

原來，這就是那封神秘的信中允諾給他的禮物。

13 聖誕樅樹

一棵結滿了冰的粗大樅樹被人們拖進客廳。帕霍姆花了老半天時間，用斧頭「咚咚」地砍著，「喳喳」地削著，給它安上一個木十字架。樅樹終於穩穩地站了起來，沒想到它竟有這麼高，不得不在天花板下彎曲著自己那碧柔柔、綠油油的樹梢。

樅樹散發出一股寒氣，不過，它那結冰的枝幹慢慢解凍，蒙上水珠，舒展開來，蓬茸起枝葉，於是，整個屋子都充滿了針葉的清香。孩子們把一大堆紙鏈和一盒盒裝飾品拿進客廳，把椅子挪到樅樹跟前，就開始給它裝飾打扮。可是，很快他們就發現，他們做的東西太少了，不夠用。他們還得坐下去黏一些裝糖果的紙袋，把胡桃塗成金黃色，把那些加香料的蜜糖餅乾和克里米亞蘋果，都用銀線拴起來。整個晚上，孩子們都坐著忙於這些工作，直到莉莉婭坐在桌子旁，把連蝴蝶結都弄得皺巴巴的腦袋，伏在胳膊上就睡著了。

耶誕節前夜來到了。樅樹已裝飾打扮好了，身上繫著金燦燦的紙花，掛著紙鏈，五顏六色的小蠟托裏也插上了蠟燭。等到一切都準備得熨熨帖帖，母親說：「啊，孩子們，現在請離開吧，而且，在晚上進來前，一眼都不能往客廳裏看。」

這一天的中飯吃得很晚，而且吃得匆匆忙忙，孩子們只吃了一點甜蘋果夾層乾點心。整個屋子裏都忙忙亂亂的。男孩子們滿屋子亂轉，每見到一個人就纏住問個不停：「還要等多久才能到晚上？」就連阿爾卡季・伊萬諾維奇——他已換上一件長襟燕尾服，和一件漿得直挺挺地翹著的硬襯衫——也都不知道，自己該做點什麼好，只是吹著口哨，從一個窗口到另一個窗口地走來走去。莉莉婭上母親那兒去了。

太陽慢得可怕地爬向地平線，變成一個紅彤彤的大圓球，躲進了朦朦朧朧的薄薄浮雲，水井投在雪地上的那道紫茵茵的影子，越來越長。終於，母親吩咐孩子們去穿衣服了。尼基塔發現自己的床上放著一件藍綢子襯衫，衣領上、下襟上、袖口上，都繡著樅樹，一條帶穗子的螺旋形腰帶，和一條肥大的天鵝絨燈籠褲。尼基塔穿好衣褲，跑到母親那裏。母親拿梳子給他把頭髮梳成分頭，按著他的雙肩，在他臉上聚精會神地打量了一會，然後把他領到一個大紅木窗間穿衣鏡前面。

尼基塔在鏡子裏看見一個穿得漂漂亮亮、外表文文雅雅的男孩。這難道就是他自己？

「唉，尼基塔呀，尼基塔，」母親親吻著他的額頭，感歎著，「你要永遠是這樣子的一個孩子，那該多好啊。」

尼基塔踮著腳尖走進走廊，看見一個白衣如雪的小姑娘，高視闊步地迎面向他走來。她穿著一身帶細紗短裙的華麗白衣裳，頭髮上繫著一個雪白的大蝴蝶結，臉兒的左右兩側，每邊垂著六綹金燦燦的鬈髮，一直垂到瘦棱棱的肩膀上，竟然弄得一下子都認不出來了。莉莉婭走到跟前，扮出一副鬼臉，看著尼基塔。

「你以為——我是鬼呀，」她問道，「你害怕什麼呢？」說完就走進書房，盤起兩腳放到屁股底下，坐在了沙發上。

尼基塔也跟在她身後走進屋子，坐在沙發上，不過是沙發的另一頭。火爐燒得正旺，劈柴發出一陣陣「劈劈啪啪」的響聲，火炭星子四濺。一片紅暈暈、閃熠熠的火光，照亮了那些皮椅子背，照亮了牆上鏡框的金色邊角，照亮了放在兩個書櫃中間的普希金半身塑像。

莉莉亞一動也不動地坐著。火爐那紅閃閃的光照亮她的臉頰和微微翹起的小小鼻子時，那景象真是妙不可言啊。維克多來到他們面前，他身穿一件綴著亮閃閃紐扣的藍制服，繡著金銀花邊的領子是那麼緊，弄得他說話都很困難。

維克多坐在一把安樂椅上，也一聲不吭。緊鄰的客廳裏傳來母親和安娜•阿波羅索芙娜的說話聲，她們正在解開一些包著的東西，把什麼放在地板上，並且小聲交談著。維克多偷偷走到門邊，想從鎖孔眼裏張望，可是鎖孔的另一邊用紙給堵住了。

接著，雙扇大門「砰啪」關上了，走廊裏傳來嘈雜的人聲和一片細碎的腳步聲。這是村子裏的孩子們來了。尼基塔本該跑過去招呼招呼他們，可他卻一動也不能動。一道藍瑩瑩的光在窗戶的冰花上開始閃爍。莉莉婭輕聲輕氣地說：「一顆星星升起來了。」

就在這時，書房的門突然打開了。三個孩子趕忙從座位上跳了下來。客廳裏那棵聖誕樅樹，

從地板直頂到天花板，全身都有許多許多、許多許多蠟燭，在閃閃發光。它就像是一棵火樹，閃爍著金光，放射出火花，流溢下一片濃濃的光彩。一片散發著針葉、蠟油、柑橘、香料蜜糖餅乾味道的濃乎乎、暖熏熏的光彩。

孩子們驚呆了，一動也不動地站住了。通往客廳的另外幾扇門也打開了，村子裏的男孩子們和女孩子們都進來了，挨挨擠擠地靠牆站著。他們大家都已脫了氈靴，腳上穿著厚厚的長毛襪子，身上穿著大紅的、粉紅的、金黃色的襯衫，圍著黃色、紅色、白色的頭巾。

母親在鋼琴上彈奏了一首波蘭舞曲。她一邊彈著，一邊朝聖誕樅樹轉過那張笑盈盈的臉，唱了起來：

仙鶴的雙腳長又長，
找不到路途回家鄉……

尼基塔向莉莉婭伸出一隻手。她也遞給他一隻手，只是眼睛仍然看著蠟燭，聖誕樅樹在她那雙藍汪汪的眼睛裏，在她的每一隻眼睛裏，閃閃發光。孩子們依舊一動也不動地站在那裏。

阿爾卡季・伊萬諾維奇跑到那一群男孩子和女孩子面前，拉起他們的小手，領著他們繞著聖誕樅樹飛快地奔跑起來。他那燕尾服的燕尾下襬飄揚起來。他一邊跑著，一邊又把兩個孩子拉進

隊伍中，然後又拉起尼基塔、莉莉婭、維克多，最後，所有的孩子都手拉手，圍著聖誕樅樹跳起了環舞[1]。

我藏起了，藏起了金子，
我藏起了，藏起了銀子……

村裏的孩子們唱了起來。

尼基塔從聖誕樅樹上摘下一個爆竹，把它剝開，裏面是一個尖頂上帶星星的彈藥管。轉眼間，爆竹就「砰砰砰砰」地到處爆響了，傳來一股爆竹的火藥味，一片煙捲紙彈藥管的「沙沙」聲。

莉莉婭得到一件帶小口袋的紙圍裙。她把它戴在身上。她的一雙臉頰通紅通紅，紅得像紅蘋果一樣，一對嘴唇上塗滿了厚厚一層巧克力。她不停地哈哈大笑著，看著那個巨大的洋娃娃，它坐在聖誕樅樹下的一個籃子裏，裏面還放著一整套嬰兒用品。

就在聖誕樅樹下的那邊，還堆放著送給村裏男孩子們和女孩子們的一紙包、一紙包禮物，都用五顏六色的手巾包裹著。維克多得到一大堆帶著大炮和帳篷的士兵。尼基塔得到一副真的皮馬

---

1 環舞又叫輪舞、圓圈歌舞，是斯拉夫民族的一種民間集體舞，大家手拉手唱著歌，圍成圓圈，轉著跳舞。

鞍、一個籠頭，和一根馬鞭。

一會兒，就只聽見一片「喀嚓喀嚓」的剝胡桃聲，和胡桃殼在腳下發出的「喀吧喀吧」聲，以及孩子們在解開送給他們的那包禮物時鼻子裏加重的呼吸聲。

母親又彈起了鋼琴，孩子們圍著聖誕樅樹一邊唱歌一邊跳著環舞，可是那些蠟燭快燃完了，阿爾卡季・伊萬諾維奇乾脆跳來蹦去地吹熄了它們。聖誕樅樹倏然間黯然失色。母親闔上鋼琴蓋，吩咐大家都到餐廳裏去喝茶。

但是，阿爾卡季・伊萬諾維奇還意猶未盡，不想安靜，他讓孩子們一個接一個排成長隊，自己在最前面領著，而那二十五個孩子跟在他後邊，奔跑到外面繞了一大圈，再經過走廊進入餐廳。

莉莉婭在前廳裏走出隊伍，站在那裏，大口喘氣，一雙笑盈盈的眼睛望著尼基塔。他們兩人站在掛著毛皮大衣的衣架旁。莉莉婭問道：「你笑什麼？」

「是妳在笑啊。」尼基塔答道。

「那你為什麼老看著我呢？」

尼基塔的臉倏地紅了，然而連他自己也不明白怎麼會發生這樣的事：他竟然向莉莉婭走近幾步，向她俯下身去，吻了吻她。她馬上連珠炮似地說了一通話回答：「你是一個好男孩，這話我沒有告訴過你，因為我誰都不讓知道，這可是一個秘密。」說完她轉身跑進餐廳裏。

喝過茶以後，阿爾卡季・伊萬諾維奇又安排了一個方特[2]遊戲，可是孩子們都已疲倦不堪，也吃得太飽，而且很難搞明白應該怎樣玩。最後，一個穿著帶圓點襯衫的很小的男孩，打著盹睡著了，從椅子上掉到地上，「哇哇」大哭起來。

媽媽說：「聖誕樅樹晚會結束了。」

孩子們紛紛走進走廊，他們的氈靴和短皮襖在那裏沿牆放著。他們穿好後就成群地從屋裏一擁而出，在嚴寒中盡情狂歡。

尼基塔一直伴送孩子們到堤壩那兒。等他獨自一人走回家的時候，只見月亮在高高的天空中，在虹暈似的淡光圈裏閃閃發光。堤壩上和花園裏的樹兒，高巍巍、白乎乎的，在月光下好像長大、長高了。右邊是一片白茫茫的荒野，遠遠地延伸到不可思議的寒冷的黑暗中。一個大頭長腳的長長影子跟在尼基塔身旁往前移動。

尼基塔覺得，他就像在夢裏走進了一個魔幻王國。只有在魔幻的王國裏，心裏才可能感到這麼神奇，這麼幸福。

---

2 這種遊戲要求，每人按照所抽得的籤，去尋找被藏起的物件或猜測某事，沒能找到或猜中者，應交出一件東西，以後由一個蒙著眼睛的人，給每一件東西的主人出題，如讓他唱歌、說笑話、講故事等等。

14 維克多的慘敗

維克多在這些日子裏和米什卡・寇里亞紹諾克交上了朋友，同他到下面的池塘去點燃「貓眼」。他們點燃了這樣一個「貓眼」，火焰從冰裏飛竄上來，比一個人還高。後來，他們在池塘外邊的水溝裏，建起了一座堡壘，一座用雪建成的塔樓，衛護著它的是一道帶著瞭望孔、射擊孔和城門的圍牆。之後，維克多就給孔羌那邊寫了一封信：

你們，孔羌人，是斜眼的鐵匠，只配給小老鼠的爪子釘鐵掌，我們要痛打你們一頓，好讓你們記得我們的厲害。來吧，我們在堡壘裏等著你們呢。

堡壘司令、二年級中學生維克多・巴布金

這封信釘在一根棍子上。米什卡・寇里亞紹諾克把它送到村子裏，插在阿爾達蒙諾夫木屋旁的一個雪堆上。謝姆卡、連卡、阿爾塔莫什卡——梅尼紹伊、阿廖什卡、萬尼卡・喬爾內・烏什和彼得魯什卡——無田無地、孤苦伶仃的瘋子薩沃西卡的侄兒，都爬到雪堆上那根棍子的旁邊，朝孔羌那邊的孩子威嚇了好長一陣子，還朝他們那邊扔雪球，然後才跟著米什卡・寇里亞紹諾克離開，和他去據守堡壘。

維克多命令他們搓做一批雪團和雪球。他們把雪團和雪球沿牆放在堡壘裏，又把一根頂上掛著一束蘆葦的棍子插在塔樓頂上，就開始等著孔羌的人來進攻。

尼基塔來了，看著這座堡壘，雙手插進口袋裏，說：「誰也不會來，你們的堡壘派不上一點用場，我不跟你們玩啦，我回家了。」

「被女孩子拴住了，」維克多從牆那邊衝他喊了一聲，「向女人獻殷勤的人！」

阿爾達莫諾夫家的兒子們響亮地哈哈大笑起來。萬尼卡・喬爾內・烏什在彎下來的手指縫裏吹著哨子。

尼基塔說：「我要是想幹，我會把你們所有的人都趕出你們的堡壘，可惜你們不值得我弄髒雙手。」說完他衝維克多伸了伸舌頭，就跑過池塘往家裏走。

一個個雪團在身後追逐著他，然而他連頭都不回一下。

維克多他們在堡壘裏沒等多久，孔羌那邊的孩子們，從村子那邊蓋滿白雪的乾草垛後面出現了。他們趔趔趄趄地蹚著齊膝深的積雪，直攻堡壘。他們來了大約十五個人。

維克多開口向他們宣稱，他要把他們孔羌的人劈了當柴燒，又用凍得通紅的鼻子朝他們發出響亮的「嗤嗤」聲。他的一雙眼珠子滴溜溜地來回轉個不停。孔羌的孩子們衝了過來，一部分人

駐紮在堡壘的城門前，另一些人坐在雪地上。那個蒙著母親頭巾的最小的男孩，也勉勉強強地慢慢跟在他們後邊。孔羌那邊的孩子，由斯捷普卡・卡爾瑙什金領頭。他仔細打量了一下堡壘，就走到城牆邊，說：「把那個戴亮晃晃紐扣的孩子交出來，我們要用雪給他搓搓耳朵……」

維克多裝作憂心忡忡的樣子，用鼻子「哄」地大聲吸了一下氣。米什卡小聲說：「用大雪球打他，狠狠地打！」

維克多舉起一個雪球，扔了過去，沒有打中。卡爾瑙什金退進自己的隊伍裏。孔羌的孩子們一起跳起來，開始搓雪球。一團團雪球從堡壘裏飛了出來，打向他們。阿爾達莫諾夫家的三個孩子扔得特別準。他們立刻就把那個蒙著母親頭巾的最小的孩子給打倒了。孔羌那邊的孩子開始還擊了。雪球雪團像雲團一樣在兩方的上空飛過來、飛過去。綁著標誌的那根棍子從塔樓上倒了下來。萬尼卡・喬爾內・烏什從城牆上跌了下去，向孔羌的人投降了。突然，維克多的制帽從頭上給打到了地上，跟著又一個雪球打中了他的臉。孔羌的孩子們狂吼亂喊著，尖聲呼叫著，吹著口哨，一擁猛攻進堡壘……城牆被衝破了，堡壘的守衛者都穿過蘆葦，踏著池塘上的厚冰，逃得無蹤無影了。

15 座鐘上花瓶裏的東西是什麼

尼基塔自己也鬧不明白，為什麼他一跟男孩子們玩就感到無聊。他回到家裏，脫去衣服，走過幾間屋子，就聽到莉莉婭在說：「媽媽，請您給我一塊乾淨的碎布吧。我那個新洋娃娃瓦蓮京娜，腳痛得厲害，我真擔心她的健康哪。」

尼基塔停住腳步，又一次感到了這些日子裏常常油然升起的那種幸福。這種幸福是如此之大，使他覺得就好像心靈深處某個地方有一個小小的音樂盒，在溫溫柔柔、快快樂樂地轉動著，奏響一支動人心魂的樂曲。

尼基塔走進書房，坐在沙發上，就坐在前天莉莉婭坐過的那個地方，微微瞇縫著眼睛，細看著窗玻璃上那些凍結的各種各樣的冰花。那都是一些精緻悅目而又稀奇古怪的花紋圖案，它們來自魔幻王國，那裏神奇的音樂盒在無聲地奏響。這些花紋圖案有樹枝，有樹葉，有樹木，還有一些奇形怪狀的動物和人。尼基塔看著這些花紋圖案，突然感到有些字句自動組合起來變成一首歌兒，並且自動唱了起來，這些非常優美的字句和這首令人驚異的歌兒，竟使他的每一根頭髮尖都美得癢酥酥的。

尼基塔小心翼翼地從沙發上溜了下來，在他父親的書桌上找到一張四開的紙，開始用大大的字體寫一首詩：

啊，你就是森林，你是我的森林，
你是我的仙境一樣神奇的森林，
住滿了種種野獸和各類飛禽，
還有自由自在快樂逍遙的野人……
我愛你啊，我的森林……
我是多麼愛你，森林……

可是，關於森林，再多寫一點都很困難了。尼基塔咬著筆桿，抬頭望著天花板。就連寫出來的這幾句詩，也遠不是剛才自動唱起來請求盡情發揮的那些話句。

尼基塔把詩讀了一遍，感到還是喜歡它。他把這張紙摺成八摺，塞進口袋裏，跑進了餐廳，莉莉婭正坐在那裏的窗戶旁縫著東西。他那隻在口袋裏抓著紙的手，都已汗漉漉的了，可他就是下不了決心把那首小詩拿給她看。

傍晚的時候，維克多回來了，凍得臉上發青，鼻子也腫了起來。安娜・阿波羅索芙娜兩手舉

起「啪」地一拍，說：「他的鼻子又讓人給打傷了！你跟誰打架了？馬上就回答我。」

「我沒跟任何人打過架呀，我的鼻子只不過是自己腫起來了。」維克多愁鬱鬱地回答，說完就走進自己的屋子，躺到床上。

尼基塔進來找他，站在火爐旁。微微發綠的天空上，有幾顆細小的星星在閃閃爍爍，就好像是用針尖刺出來的一樣。尼基塔說：「你願意聽我給你讀一首關於森林的小詩嗎？」

維克多猛一聳肩，把一雙腳放在床背上，說；

「你就這樣告訴那個斯捷普卡·卡爾瑙什金——讓他最好不要落到我的手裏！」

「你要知道，」尼基塔說，「在這首詩裏描寫了一座森林。這種森林，你雖然沒法子看見，但是誰都知道它……如果你感到煩惱憂傷，想一想這座森林，煩惱憂傷馬上就消失了。或者，有時候，你知道，你在夢裏夢見了某種好得出奇的東西，你說不出它是什麼，可就是覺得它好得出奇。等你醒來，你就一點也記不清它的模樣了……你明白嗎？」

「不，我不明白，」維克多回答，「而且我也不想聽你的詩。」

尼基塔歎了一口氣，在火爐旁稍稍站了一會兒，就走了出去。在熊熊爐火照亮的寬敞的前廳裏，莉莉婭正坐在火爐對面一個蒙著狼皮的大箱子上，凝神細看著爐中火焰的顫躍、舞蹈。

尼基塔靠近她同她並排坐在大箱子上。前廳裏散發著一股暖呼呼的火爐的熱氣、毛皮大衣的氣味，以及巨大的五斗櫃抽屜裏一些舊東西的那種甜蜜而憂傷的氣味。

「我們談點什麼吧，」莉莉婭若有所思地說，「你講一些有趣的事情給我聽聽。」

「妳願意聽我講講我不久前做的一個夢嗎？」

「好的，那就請你講講那個夢吧。」

尼基塔開始講述那個夢，那隻貓、那兩張活起來的畫像，以及他怎樣飛起來，等他飛上天花板時又看見了什麼。莉莉婭把那個腿上綁著繃帶的洋娃娃抱在膝蓋上，聚精會神地聽著。

他一講完這個夢，她就向他轉過頭來，她那雙眼睛由於害怕也由於好奇，睜得圓溜溜的。她悄聲悄氣地問：「花瓶裏到底是什麼東西呢？」

「我不知道。」

「那裏面一定有一件有趣的東西。」

「可要知道那是我在夢裏面看見的啊。」

「哎呀，反正一個樣。你還是應該去看看。你，是一個男孩子，你什麼都不懂。告訴我，你們家真的有這樣一個花瓶嗎？」

「我們家真有那樣一個座鐘，可是花瓶嘛，我就記不得了。座鐘就放在曾祖的書房裏，已經不走了。」

「我們去看看吧。」

「那裏黑森森的。」

「我們從聖誕樅樹上拿一個燈籠去。哦，請你去取一個燈籠來。」

尼基塔跑進客廳，從聖誕樅樹上摘下一個帶五彩雲母方格的燈籠，把它點亮，回到前廳。

莉莉婭披上一條寬大的羊毛頭巾。兩個孩子偷偷地走進走廊，一溜溜進了那幾間夏天住的房子。黑森森、高隆隆的大廳裏，窗戶都蒙上了一層毛茸茸的薄薄冰花，月光把樹枝的陰影照在窗玻璃上。迎面襲來一股冷絲絲的寒氣，和一股腐爛的蘋果的氣味。通往黑漆漆的鄰屋的兩扇橡木門虛掩著。

「座鐘在哪裏？」莉莉婭問道。

「還得往前走，在第三間屋子裏。」

「尼基塔，您什麼都不怕嗎？」

尼基塔伸手一拉門，門就慘淒淒地「嘎吱嘎吱」響了起來，這聲音悶沉沉地響徹了那幾間空空蕩蕩的房子。莉莉婭緊緊抓住尼基塔的一隻胳膊。燈籠也開始顫抖起來，它那紅慘慘、藍幽幽的光線，在牆上晃個不停。

兩個孩子踮著腳尖走進相鄰的一間屋子。在這裏，月光透過窗戶照進來，在鑲木地板上照出一個個藍閃閃的亮方塊。靠牆擺著那些有著七彩條紋的安樂椅，牆角裏，就是那張腿兒向外彎曲的沙發。尼基塔頓時感到天旋地轉，頭昏目眩——這屋子、這情景就和他夢中見過的一模一樣。

「他們在看著我們呢。」莉莉婭悄聲說道，指了指牆上那兩幅黑乎乎的畫像——那個老頭兒

和那個老太婆。

兩個孩子跑過這間屋子，又打開了另一扇門。書房裏滿屋子都是明皎皎的月光。書櫃的玻璃門和燙金的硬書皮不時微光閃閃。在壁爐上方，那個身穿騎裝的女人，全身沐浴在月光中，神秘兮兮地微笑著，看著走進屋來的兩個孩子。

「這是誰？」莉莉婭挨近尼基塔，輕聲問。

他也輕悄悄地回答：「這就是她。」

莉莉婭點點頭，開始四處張望，忽然，她大喊一聲：「花瓶，快看，尼基塔，花瓶！」

果然，在書房深處，擺著一個古老的紅木座鐘，鐘擺的圓盤已經一動也不動了，在座鐘頂上兩個螺旋形的木頂飾之間，放著一個飾有獅子頭像的銅花瓶。尼基塔不知為什麼以前從來都沒有看見過它，可是現在他馬上就認出來了：這就是他夢裏的那個花瓶。

他把一把椅子挪到座鐘跟前，再跳到椅子上，踮起腳尖，把一隻手伸進花瓶裏，在花瓶底上，摸到一片灰塵和一件硬邦邦的東西。

「找到了！」他歡叫一聲，把那件東西緊緊握在拳頭裏，就跳到地板上。

就在這個時候，有一個什麼東西從書櫃後面「呼哧呼哧」地朝他噴氣，兩隻紫瑩瑩的眼睛炯炯發亮。接著，跳出來一隻貓，原來是瓦西里・瓦西里耶維奇在書房裏捉老鼠。

莉莉婭亂舞著一雙小手，抽身往外就跑，尼基塔也跟在她後面跑。他感到似乎有一隻手已經摸到了他的頭髮，那該是多麼嚇人啊。瓦西里・瓦西里耶維奇耷拉著尾巴，一閃就超過兩個孩子，無聲無息地飛跑過那幾間被溶溶月色照亮的房子。

兩個孩子跑進前廳裏，坐在火爐旁的大箱子上，嚇得幾乎喘不過氣來。莉莉婭的兩個臉頰紅通通的，她直盯盯地看著尼基塔的眼睛，問道：「什麼？」

這時他才把拳頭鬆開。他的掌心裏，躺著一個鑲著藍晶晶寶石的細細戒指。莉莉婭驚訝得沉默了半晌，才「啪」地兩手舉起輕輕一拍：「一個戒指！」

「這是一個有魔力的戒指。」尼基塔說。

「聽我說，我們拿它幹什麼呢？」

尼基塔皺了皺眉頭，抓起她的一隻手，把戒指戴在她的食指上。莉莉婭說：「不，為什麼就給我呢？」

她看看那塊寶石，盈盈一笑，歎了口氣，接著，便雙手抱住尼基塔的脖子，吻了吻他。

尼基塔臉上紅通通、熱烘烘的，不得不離火爐遠一點。他提起所有的勇氣，說：「這也是給妳的。」說著，從口袋裏掏出一張摺成八摺的皺皺巴巴的紙來，那上面寫著那首關於森林的詩，他把它遞給莉莉婭。

她把紙打開，開始讀詩，嘴唇微微動著，然後若有所思地說：「謝謝您，尼基塔，我非常喜歡這首詩。」

16 最後一個晚上

喝晚茶的時候，母親和安娜・阿波羅索芙娜彼此對看了好幾次，並且聳聳肩。阿爾卡季・伊萬諾維奇面無任何表情地坐在那裏，死死盯著自己的杯子，那神情就好像：即使你殺死他，他反正也不會說一句話。安娜・阿波羅索芙娜喝完第五杯奶茶，吃飽了熱呼呼的奶油摻雞蛋甜麵餅，推開自己面前的那些杯子、盤子和麵餅屑，騰出一塊地方來，把一隻大手掌心朝下放在桌布上，用她那低沉有力的聲音說：「不，啊不，啊不，我最親愛的亞歷山卓・列昂季耶芙娜，我說出的話，那是板上釘釘，絕對算數；好東西每次都不能太多。聽著，孩子們，」她轉過頭去用食指戳了戳維克多的後背，讓他別拱著背，「明天是星期一，你們當然早忘了這個了。把茶都喝乾淨，馬上去睡覺。明天早晨天一亮，我們就得動身。」

維克多一言不發地噘起了嘴巴，噘得高過了鼻子尖。莉莉婭馬上垂下眼皮，把頭俯在茶杯上。尼基塔頓時感到兩眼發花，一道道燈光開始晃來晃去。他轉過臉來，看著瓦西里・瓦西里耶維奇。

貓兒坐在擦洗得乾乾淨淨的地板上，眯縫著眼睛，伸出那條像手槍一樣的後腿，在起勁地把

它舔乾淨。貓兒既不會感到寂寞無聊，也不會覺得歡天喜地，牠沒有必要急急忙忙。

「明天，」牠想，「又是你們，又是你們人類的日常工作日了，你們又得做算術題，又得做聽寫練習了，而我這個貓呢，沒有假期慶祝什麼節日，沒有寫過什麼詩，也沒有吻過什麼女孩子，所以，我明天倒是輕輕鬆鬆、舒舒服服。」

維克多和莉莉婭都喝完了茶。他們看了一眼自己母親那早已皺緊的濃眉，說了聲「晚安」，就和尼基塔一起走出了餐廳。安娜・阿波羅索芙娜追著喊了一聲：「維克多！」

「什麼事啊，媽媽？」

「你是怎麼走路的？」

「又怎麼啦？」

「你走起路來，就像在踩橡皮筋一樣，慢慢騰騰的……走得朝氣蓬勃些。不要在屋子裏繞圈子。門，就在那邊。把腰挺直……你這一輩子能幹什麼，我真不知道！」

孩子們走了出去。來到暖暖和和、半明半暗的前廳，兩個男孩必須向右轉的地方，尼基塔在莉莉婭面前停住腳步，不時咬幾下自己的嘴唇，說：「你們夏天會到我們這裏來嗎？」

「這得由媽媽決定。」莉莉婭細聲細氣地回答，沒有抬起眼睛。

「妳會給我寫信嗎？」

「好的，我給你寫信，尼基塔。」

「那好，再見吧。」

「再見，尼基塔。」

莉莉婭點點頭，頭上的蝴蝶結也跟著前後晃動，她伸出一隻手，把指尖遞給尼基塔，然後，走向自己的房間，頭都不回，徑直向前，一本正經。望著她的背影，你簡直就是一頭霧水，一點也搞不清她的心思。就像安娜・阿波羅索芙娜所說的那樣：「一個太冷靜、太莊重的性格。」

這邊維克多一邊埋天怨地，嘟嘟囔囔，一邊把書和玩具放進一個籃子裏，把一些貼著的小圖片取下來藏到一個小盒子裏，又爬到桌子底下去找他的小摺刀。這時，尼基塔一句話也不說，只是飛快地脫了衣裳，躺到床上，用被子蒙住腦袋，假裝睡著了。

他覺得，在天亮的時候，一切都完了。當他朦朦朧朧闔上眼睛進入睡鄉的時候，一個他從此一輩子也無法忘記的牆上影子一樣的巨大蝴蝶結，最後一次出現在眼前。在夢中，他聽到有人說話的聲音，聽到有人走到他的床前，然後這些聲音漸漸遠去。他看見一張張暖熏熏的手掌一樣的樹葉，一棵棵巨大的樹木，一條紅赫赫的小路，穿過密密麻麻的灌木叢，輕輕分開兩邊的草木，展現在他眼前。置身這紅光籠罩的奇異森林中，甜蜜得心靈發顫，並且產生一種從未有過的憂傷，想要放聲大哭。一個戴著金絲眼鏡的紅皮膚野人的腦袋，從寬大的樹葉中鑽了出來。「啊哈，你還在睡覺！」他響雷般大喊一聲。

尼基塔睜開雙眼。早晨那暖呼呼的陽光照在他的臉上。阿爾卡季・伊萬諾維奇站在他的床前，正用一支鉛筆頭兒輕輕敲著他的鼻子：「起床，起床，調皮鬼。」

17 離別的滋味

一月底，尼基塔的父親瓦西里・尼基季耶維奇寄回了一封信……

……我實在是無可奈何，遺產的事情還得耽擱我很長一段時間，親愛的沙莎，看來，要辦妥這件事，我得親自到莫斯科去忙碌一陣子。不管怎樣，在大齋[1]前我們會團聚的……

這封信讓母親很是發愁，在晚上，她把信給阿爾卡季・伊萬諾維奇看，說：「上帝保佑他，這個遺產的事情可真把我們煩透了；整整一個冬天我們都是在離別之中度過的。有時候我甚至感到，尼基塔已經快要把父親都給忘記了。」

她扭過頭去，開始凝望著那個結滿了冰花的黑乎乎的窗子。

1 大齋是基督教為教徒規定的齋期——春季復活節前的七個星期，其間不許吃肉類等葷食，禁止娛樂和結婚，還有其他一些禁忌。

窗外已是深夜，那樣的徹骨嚴寒，以致花園裏的樹木都發出「喀喀」的裂聲，閣樓上的橫樑「啪啪」地爆裂，聲音是那麼響亮，連整棟房子都給震動了，而每到早晨，人們總會在雪上發現一隻隻凍死的麻雀。母親用手帕輕輕地擦了擦眼睛。

「是啊，離別呀，離別。」阿爾卡季・伊萬諾維奇唸叨著，而且很可能是想起了自己的離別，伸出一隻手到口袋裏去摸信。

這時候，尼基塔正在畫一張南美洲的地圖。白天他和母親進行了一次解釋性的長談，母親為他著急，並且以事實說明，他在節日假期裏變懶了，而且一再放縱自己，顯然，他將來滿足於做一個鄉文書或者別澤尼曲克電報局的電報員。

「晚上，你必須丟開那些傻裏傻氣的無聊圖畫，」她說，「畫一張南美洲的地圖。」

尼基塔一邊畫著南美洲地圖，一邊心裏在想：難道他已真的忘記父親了？沒有。就在亞馬遜河，也就是經度和緯度的那個十字交叉點上，他看見了父親的面影：紅堂堂的臉盤，亮彩彩的眼睛，白燦燦的牙齒，笑欣欣的臉上黑油油的鬍子朝兩邊分開，還有那響亮的哈哈大笑聲。你可以傻坐幾個鐘頭，緊盯著他那張嘴，被他講的故事逗得幾乎笑死。母親常常責備他無憂無慮、輕浮冒失，不過，他的性格中的確有某種太活躍的東西。比如說，父親會突然冒出一個想法：「莊園的三口池塘裏，水面上浮得滿滿的全是青蛙，白白丟掉太可惜呀。」於是，他好幾個晚上都整晚

整晚地談論這件事：怎樣養肥牠們，養大牠們，用鹽醃起來，然後一大圓桶、一大圓桶地寄到巴黎去賣。

「要笑由妳笑，」他對聽了這事連眼淚都笑出來了的母親說，「可妳很快就會看到，我用這些青蛙發了大財。」

父親吩咐把花園裏的池塘圍上柵欄，然後煮了一種麵、糠、草、麥麩等的混合飼料去餵牠們，並且把一部分試驗用的青蛙帶回家裏。直到母親站出來聲明，這個家裏有她就沒有青蛙，有青蛙就沒有她，這些青蛙叫她怕得要死；又說，住在遍地都是髒兮兮青蛙的房子裏，使她非常厭惡。有一次，父親到城裏去，從那裏派大馬車送來一些舊橡木門和窗框，並且捎來一封信：

親愛的沙莎，我非常碰巧十分便宜地順利買到了一批窗框和門。這恰好是我們所需要的，妳該記得，妳曾希望在托波列夫小山上建一座亭子。我已經和建築師談過，他建議建一座我們冬天願意住都可以住進去的亭子。我已預先感到欣喜，要知道我們的房子座落在最窪地之處，從窗戶裏一眼望去，什麼風景也看不到。

媽媽唯有放聲大哭：迄今為止，阿爾卡季・伊萬諾維奇的薪水，都已經整整三個月沒有付了，而他突然又冒出了新的開支……她堅決反對建造亭子，於是，那些窗框和門就那樣放在板棚

裏腐爛著。

後來，父親突然又陷入狂熱之中：改善農業設施。結果又是一場災難：從美國訂購了一些機器，還親自跑到火車站去把它們運回來，教雇工們應該怎樣使用，教得怒氣沖沖，對所有的人都大喊大叫：「你們這些該死的魔鬼，小心一點啊！」

過了一段時間以後，母親問他：「噢，你那臺古怪的割捆機怎麼樣了啊？」

「什麼怎麼樣了？」父親用手指頭「吧啦吧啦」地敲著窗戶，說，「那是一臺了不起的好機器。」

「我看見了，它就丟在板棚裏呢。」

父親聳聳肩，飛快地捋順他那朝兩邊分開的小鬍子。母親溫柔地問道：「它已壞了嗎？」

「這些蠢貨美國佬，」父親氣沖沖地「嗤」了一聲說，「想出來的盡是一些每分鐘都要壞的機器。我可沒有任何過錯。」

尼基塔一邊畫著亞馬遜河和它的支流，一邊滿懷愛意和溫情的歡樂思念著父親。他的良心是安寧的——母親說他忘記了父親，實在是冤枉了他。

忽然，牆裏面「砰」的響了一聲，就像手槍開了一槍。母親大叫一聲「哎喲」，手裏正在織的編織物掉落到地板上。刺蝟阿希爾卡氣恨恨地在大衣櫃底下「哄哄啊啊」地叫了起來。尼基塔

看了一眼阿爾卡季·伊萬諾維奇，他假裝在讀書，實際上他的雙眼是閉著的，儘管他沒有睡著。尼基塔開始可憐起阿爾卡季·伊萬諾維奇來：這個可憐的人，老是在思念著自己的未婚妻瓦莎·尼洛芙娜，城裏的一個女教師。這就是它，離別的滋味啊！

尼基塔用一隻拳頭托住腮幫，馬上想起了自己的離別。莉莉婭曾經就坐在桌子的這個地方，可是現在她不在這裏了。多麼叫人憂傷啊，她曾經就在這裏，可現在她又離去了。而就在這張桌子上，還有著她灑下的漿糊的污跡呢。而她那蝴蝶結的影子，以前也常常被映照在這面牆上。「幸福的日子已經飛走了。」尼基塔剛剛想到的這句極其憂傷的話，使他的喉嚨發緊、發硬，疼痛起來。為了不忘記這句話，他把它寫在南美洲地圖底下：「幸福的日子飛走了。」接著，他便繼續畫地圖，卻把亞馬遜河完完全全地畫錯了地方——經過巴拉圭和烏拉圭流向阿根廷的火地島[2]。

「亞歷山卓·列昂季耶芙娜，我認為，您說得對：這孩子確實是在準備做別澤尼曲克電報局的電報員呢。」阿爾卡季·伊萬諾維奇用平靜的聲音說，那聲音卻使你感到渾身像爬滿了螞蟻一樣難受，原來，尼基塔在地圖上的作業，他早已不聲不響地看了老半天了。

---

2 亞馬遜河是世界上水量最大的河流，是一條南美洲河流，主要在巴西境內，與巴拉圭、烏拉圭及阿根廷相距很遠，幾乎是一北（巴西）一南（其他三國）。

18 單調無聊的生活

嚴寒越來越有加無已、與日俱增了，寒冷徹骨的風連樹上凝結的冰霜都吹落了。積雪上蒙上了一層硬殼似的雪面冰層，凍得慘兮兮、餓得腸轆轆的狼，或者形單影隻，或者結伴成對，都趁著黑夜從冰層上跑到田莊裏來了。

沙洛克和卡托克一聞到狼的味道，就愁戚戚地開始哀嚎，不時嗥叫那麼幾聲，趴在馬車棚底下，用一種令人厭煩的尖細聲音，哀號著，「汪——汪——汪——汪——汪……」

一隻隻狼從冰凍的池塘上跑過來，站在蘆葦叢裏，嗅著莊園裏散發出的人的氣息。牠們膽子越來越大，竟鑽進花園，坐在房子前面積雪的林間空地上，瞪著一雙雙綠幽幽、亮閃閃的眼睛，凝望著那些結滿了冰花的黑乎乎的窗子，在冷浸浸的黑暗中，抬起頭來，最初發出的是就像訴怨一樣的低沉的「嗚嗚」聲，接著便繃緊饑餓的喉嚨把聲音提得越來越高，越來越大，越來越響，於是就變成了連綿不斷的哀號，越號越高，越號越高，讓人感到錐耳鑽心，毛骨悚然……

聽著群狼的這些號叫聲，沙洛克和卡托克嚇得把頭都藏進了乾草裏，毫無知覺地躺在馬車棚底下。雇工們的住房裏，木匠帕霍姆睡在火爐上的炕上面，蓋著自己的羊皮襖，被狼號聲搞得

翻來覆去，難以入睡，只好半睡半醒地小聲嘀咕著：「噢，上帝啊，上帝啊，我們的罪孽多麼深重！」

這些天來，家裏的日常工作全面鋪開了。紅豔豔的一片朝霞，剛一照到藍幽幽、黑乎乎的窗戶上，毛茸茸的玻璃剛剛透出一點亮光，屋頂上才閃出一抹微藍，大家就都一個個早早起床了。

屋子裏到處是火爐子的門在「劈哩啪啦」響。廚房裏，那盞洋鐵煤油燈還在亮著。傳來一股茶炊和熱呼呼的麵包的味道。人們在喝早茶的時候也坐不多久。母親把餐廳的桌子收拾乾淨，把縫紉機放在上面。從佩斯特拉夫卡村請來了一個家庭女裁縫，駝背、麻臉的索妮婭，她的一顆門牙由於長年咬線早已豁了，她和母親一起縫製各種日用的衣物。她們一邊縫紉一邊低聲交談，有時撕開細棉布，發出「嗤嗤」的裂布聲。女裁縫索妮婭是一個如此枯燥無味的老處女，就像在一個櫃子裏放置了多年，剛剛把她找出來，稍微清洗了一下，就讓她坐下來開始縫紉。

阿爾卡季・伊萬諾維奇這些日子對學習逼得更緊了，而且，就像他慣常說的那樣，跳了一大步：開始學習代數，一個枯燥無味到極點的科目。

學習算術，至少還可以從那裏面想出各種各樣無用但好玩的事情：那從三根水管放水進去、裏面有死老鼠的鏽跡斑斑的蓄水池；那永遠是一個模樣的「某個人」，他穿著一件用漆布[1]做成

1 漆布是用漆或其他塗料塗過的布，多用花布或有顏色的布做底子，一般用來鋪桌面或做書皮等。這裏，尼基塔想像為某人的衣服而且是出席正式場合穿的常禮服——燕尾服，帶有小孩想像的滑稽味。

的燕尾服，長著一隻長鼻子，常常把三種咖啡混合在一起，或者一下子買了那麼多佐洛特——加龍省尼克[2]的銅；還有那個總是賣兩捲布的倒楣的商人。然而，在代數裏你就抓不住任何東西，裏面一點有生氣的東西也沒有，唯一讓你覺得好玩的是，代數課本的硬書皮散發出的水膠味，還有阿爾卡季・伊萬諾維奇朝著尼基塔的椅子俯身解釋一些法則的時候，他的臉反映在墨水瓶上，圓鼓鼓的，活像一個帶把的高水罐。

阿爾卡季・伊萬諾維奇上歷史課的時候，總是背朝火爐站著。他那黑色的燕尾服、棕紅的鬍子和金絲眼鏡，倒映在白溜溜的瓷片上，真是妙不可言，妙得出奇。阿爾卡季・伊萬諾維奇正講到矮子丕平[3]在蘇阿松怎樣砍破募款箱，他掄起一隻胳膊，用手掌使勁地砍著空氣。

「你必須記住的是，」他對尼基塔說，「像矮子丕平這樣的人，與眾不同的就是他們具有堅不可摧的意志和勇猛剛毅的性格。他們絕不會像某些人那樣躲避工作，也絕不會時時刻刻睜大眼睛盯著墨水瓶，因為那上面一個字都沒有寫，他們甚至壓根兒就不知道這樣一些可恥的字句，像『我不會』或者『我累了』等等。他們任何時候都不會把自己額上的一綹頭髮搓來撚去的，而不去掌握代數的規則。因此，這就是，」他把那本夾著他中指的書高高舉起來，「迄今為止他們一

2 佐洛特——加龍省尼克是舊俄重量單位，一佐洛特——加龍省尼克約等於四・二六克。

3 矮子丕平（七一四至七六八年），原任宮相，西元七五一年推翻墨洛溫王朝最後一個國王，自己做了法國國王，建立了加洛林王朝。

直是我們的榜樣的原因……」

母親經常在吃過中飯以後對阿爾卡季・伊萬諾維奇說：「如果今天又是零下二十度，可不能讓尼基塔出去玩。」

阿爾卡季・伊萬諾維奇走到窗戶旁，朝著玻璃上的一小塊地方呵了一口氣，那地方的外面掛著一個溫度計。

「零下二十一度半，亞歷山卓・列昂季耶芙娜。」

「唔，好極了，我早就覺得會是這樣，」母親說，「尼基塔，你去找點什麼事做做吧。」

尼基塔走進父親的書房，爬上靠近火爐的皮沙發，打開費尼莫爾・庫柏[4]的一本奇妙迷人的書。

暖融融的書房裏是如此靜寂寂的，竟使他的耳朵裏開始響起一種隱隱約約的「嗡嗡」聲。獨自一人，在沙發上，在這隱隱約約的「嗡嗡」聲裏，可以想出多少稀奇古怪的故事啊。一道白閃閃的光線透過結滿冰花的玻璃流進屋裏，尼基塔讀著庫柏，隨後，皺緊雙眉，想了好久好久。

---

4 詹姆斯・費尼莫爾・庫柏（一七八九至一八五一年），美國第一個「自己的小說家」，創作了許多作品，最重要的作品是以綽號「皮襪子」（一譯「皮裹腿」）的納迪・邦波為主人公的五部小說——「皮襪子系列小說」：《開拓者》、《最後一個莫希千人》、《大草原》、《探路人》、《獵鹿人》，情節曲折，懸念迭起，故事激動人心，生動地描寫了「皮襪子」與北美大自然（草原、森林、動物等等）以及印第安人的關係，已成為美國家喻戶曉、婦孺皆知的文學名著，對美國後來的「西部小說」、「西部電影」有較大的影響。

他想起了一片無邊無際、廣闊無垠的北美高草原，青草綠油油的，在風中綠浪滾滾，「沙沙」作響；滿身花斑的北美草原野馬，都轉過喜滋滋的臉來，大聲嘶叫著在奔馳；昏濛濛的科迪勒拉山[5]峽谷，一道白亮亮的瀑布，在它上面，是印第安種族古龍人[6]的一個酋長，頭上裝飾著羽毛，手裏拿著一桿長長的火槍，一動不動地站在塔糖形狀的峭壁上。在密林深處，在一棵粗滾滾大樹樹根中間的一塊石頭上，坐著他本人，尼基塔，用一隻拳頭支撐著臉頰。在他腳下，篝火熊熊，青煙嫋嫋。密林中是這樣的靜謐，竟使他聽見了耳朵裏響起的隱隱約約的「嗡嗡」聲。尼基塔到這裏來，是為了尋找被陰謀搶走的莉莉婭。他身手不凡，多次立下了大功，多次把莉莉婭搶回，馱在烈性十足的野馬上，奮力翻越過一道道峽谷，機智俐落地一槍把古龍人的酋長從塔糖型的峭壁上打了下來，可那個酋長每次又站回到那塊峭壁上去；尼基塔把莉莉婭奪了又救，救了又奪，就這樣一而再、再而三地奪她救她，沒完沒了，不知疲倦。

只要寒冷和母親都允許他到室外活動，尼基塔就獨自一人在院子裏到處徘徊。以前和米什卡・寇里亞紹諾克所玩的那些遊戲，他都感到膩煩了，而且米什卡這些日子大部分時間都坐在屋

5 科迪勒拉山系全長一點八萬餘公里，是世界最長的山系，縱貫美洲大陸西部。北起阿拉斯加，南到火地島。包括北美洲科迪勒拉山系和南美洲科迪勒拉山系（或安第斯山脈），北美洲最高峰為麥金利山（六千一百九十三米），南美洲最高峰為阿空加瓜山（六千九百六十米）。該山系既是氣候的分界線，又是大西洋和太平洋的分水嶺。此處指北美洲的科迪勒拉山系。

6 古龍人是北美印第安人的一個部族，操易洛魁語，其後裔現住加拿大洛雷特維爾保留地，約有一千人。

工住的房子裏，在那裏玩紙牌——玩彈鼻子的遊戲，輸了讓人彈鼻子，或者玩同花牌，輸了被人揪頭髮。尼基塔走到井邊，突然想起來了：正是從這裏他看見了屋子窗口裏那個世上唯一的藍蝴蝶結。那個窗戶上現在已空空如也。而就在馬車棚附近，沙洛克和卡托克從積雪下面挖出一隻死寒鴉[7]，這正好就是那一隻寒鴉：莉莉婭在牠身邊蹲下身子，說：「多麼可惜呀，尼基塔，你看吧，一隻死鳥。」尼基塔把寒鴉從狗嘴裏奪了過來，把牠帶到地窖口上的小棚中，並且埋在雪堆裏。

走過堤壩的時候，尼基塔又記起了聖誕樅樹晚會後的那個深夜，他怎樣從溶溶月色中高巍巍、白乎乎的白柳樹下走過，他那黑黑的影子跟在他身旁輕快地移動。為什麼當時他沒有好好珍惜身邊發生的一切呢？當時他真應該閉上雙眼，全神貫注，好好體會一下：他的幸福有多麼大。唉，現在呢，只有寒冷刺骨的風在黑乎乎的冰凍白柳間呼嘯，在池塘上風吹集的雪，真正堆成了一座小小冰山，他和莉莉婭那時坐在滑雪車上，從山上往下滑。當時莉莉婭緊閉雙唇，皺著眉頭，死死抓住滑雪車的兩邊。當時所有的痕跡，現在都已埋在茫茫白雪下了。

尼基塔走過院子外邊一片硬繃繃的雪面冰層，院子北面，風吹集的雪堆跟草屋的屋頂一樣高。從那裏往外可以看見整個一大片平展展、白茫茫的曠野，在白濛濛的寒氣中和天空連成一片

---

[7] 鴉科的一種，形狀跟普通烏鴉相似，身體較小，體長約三十釐米，叫聲較尖，頸部和腹部灰色，其餘部分黑色。分佈在歐亞大陸、西北非。生活在山野中，吃小蟲，對農作物有益。

的荒野。吹來一陣旋風，低低地捲起一團雪，又像煙柱一樣盤旋而去。羊皮襖的下襬也被吹得往後直翻。從雪堆的尖頂上吹下一片細雪來。尼基塔自己也不知道，為什麼他老想站在這裏凝視這一片白茫茫的荒野。

母親已經開始注意到，尼基塔悶悶不樂地到處徘徊，她跟阿爾卡季・伊萬諾維奇說了這件事。他們決定停上代數這門功課，讓尼基塔早一點睡覺，而且，按阿爾卡季・伊萬諾維奇極不聰明的說法，「把他浸到」蓖麻油裏好好洗洗。

這一切辦法都按部就班地實行了。阿爾卡季・伊萬諾維奇發現，尼基塔高興多了。然而，真正的治癒者只是在三個星期後才到來：從南方颳來一股濕潤潤的狂風，伴著在大地上空疾飛而過的團團亂雲，讓田野、花園、莊園，全都籠罩在一片灰蒼蒼的雪霧裏。

19 白嘴鴉[1]

星期天，做工的瓦西里、米什卡・寇里亞紹諾克、牧童廖克西亞和阿爾喬姆——一個長著長長的鷹鉤鼻子、虎背熊腰但背有點駝的莊稼漢，在雇工住的房子裏玩紙牌。阿爾喬姆是一個沒天沒地沒馬的貧苦農民，一輩子都在給人當長工，總想結婚，可是姑娘們都不願嫁給他。這些日子，他開始看上了杜尼雅莎，一個料理牛奶事務的姑娘，一個臉頰紅撲撲的美人兒。她整天在牲口棚到地窖口上的小棚、廚房之間奔來跑去，手裏拎著的細長白鐵桶「丁零噹啷」地響個不停，她身上總是散發出一股非常好聞的新鮮牛奶味，當雪花飄飄，落到她那紅撲撲的臉上，這雪花馬上就會「嗞嗞」響著融化。她是一個十分愛笑的姑娘。阿爾喬姆無論在什麼地方，不管是從糧倉裏搬運麥麩，還是在清掃羊圈，只要一看見杜尼雅莎，就馬上把手裏的大叉子往地裏一插，就像駱駝那樣邁開長腿，大步流星地追了過去。走到杜妮雅莎身邊，他總是摘下帽子，鞠躬問好：

「您好，杜尼婭。」

1 又叫禿鼻烏鴉或禿鼻鴉，鴉科的一種鳥，長約四十五釐米，分佈在歐亞大陸，成大群築巢於高大的喬木樹，能捕殺有害昆蟲。

「您好。」杜妮雅莎把兩只桶放在地上，用圍裙遮住嘴巴。

「還在為了牛奶跑來跑去嗎，杜尼婭？」

這時杜妮雅莎趕緊彎腰提起兩隻鐵桶——這太可笑了，她幾乎就要笑出聲來——在結了冰的小路上踏雪飛跑，一直跑進地窖口上的小棚裏，把鐵桶「砰」地往地上一扔，連珠炮似地對女管家瓦西麗莎說：「那匹駱駝又求我嫁給他了，哎喲，我的娘呀，可把我笑死了！」於是她放聲哈哈大笑起來，整個院子都聽見了這響亮的笑聲。

尼基塔來到雇工住的房子裏。今天，他們正在用土豆（即馬鈴薯）和羊頭熬湯吃，屋子裏瀰漫著好聞的羊肉味和新烤的麵包味。被人們從街上帶來的濕漉漉的泥雪弄髒了的門邊，放著一個木盆，木盆的上方掛著一個有壺嘴兒的瓦罐。帕霍姆坐在火爐邊的一條長板凳上，烏油油的頭髮垂到了他那麻點斑斑的額頭上，和氣呼呼地皺著的雙眉上。他正在縫補一隻皮靴筒兒：他用錐子小心翼翼地在皮子上鑽個孔，腦袋往後一仰，瞇縫著眼睛，用豬鬃毛做成一根繩子，抹上蠟，穿進那個孔裏，兩個膝蓋緊緊夾住皮靴筒子，把繩子往兩邊拉勻。他皺著眉頭瞟了一眼尼基塔，他正氣得七竅生煙：他剛和女廚子大吵了一場，因為她把他那代替襪子的包腳布[2]掛起來烤乾，結果被火燒了。

[2] 包腳布是穿樹皮鞋或皮靴時腳上裹的一塊結實的布，起襪子的作用。

玩牌的人圍坐在桌子旁，他們都穿著整潔的星期天襯衫，頭髮梳得整整齊齊，還抹上了油。只有阿爾喬姆一個人穿著一件幾乎是千瘡百孔的短呢上衣，頭髮也沒有梳：沒有誰照料他，也沒有誰給他洗襯衣。玩牌的人把黏乎乎、臭烘烘的紙牌，「啪啪」地使勁甩在桌子上，大喊大叫著：「投降了，你都得了十分。」

「投降了，你都多到五十分了。」

「啊，你看到這個的厲害了嗎？」

「啊，你看見這個了嗎？」

「一手同花，定局啦！」

「哎喲！」

「喏，阿爾喬姆，遵守規則，伸出鼻子來吧。」

「為什麼叫我遵守規則？」阿爾喬姆十分驚訝地看著那些牌，問道，「不對，你們搞錯了。」

「把鼻子伸過來。」

阿爾喬姆每隻手都抓起一張牌，遮住自己的眼睛。

做工的瓦西里拿起三張紙牌，開始慢吞吞地一下一下抽打阿爾喬姆的長鼻子。其他的玩牌人目不轉睛地看著他們，數著打鼻子的次數，怒氣沖沖地喝令阿爾喬姆不要動來動去。

尼基塔坐下來和他們玩，馬上就輸了一局，鼻子給揍了十五下。這時，帕霍姆把皮靴筒子和那套皮靴工具放到長板凳下面，義正詞嚴地說：「別的人都已做完日禱[3]回來了，可你們這些人，連個十字都不在額頭上劃一下，就只知道玩牌。而且眼看就要在齋期裏饞嘴不過地吃起肉來了……斯捷潘妮達，」他站起身來，一邊朝放著瓦罐的門邊走去，一邊大聲喊著，「午飯準備開餐！」

女廚子斯捷潘妮達，在廚房裏嚇得把鐵鍋的鍋蓋都掉到了地上。雇工們把紙牌收拾起來。瓦西里轉身走向一個角落，在滿是蟑螂屎跡的一張小小紙聖像前，開始劃十字。

斯捷潘妮達端進一大木碗煮羊頭來；碗裏冒出香噴噴的騰騰熱氣，把女廚子扭向一邊的臉籠罩在一團白霧中。雇工們一聲不響、正經八百圍著桌子坐下，每人拿起一把匙子。瓦西里開始把麵包切成一長片、一長片的，每個人都分一長片，然後在木碗上「篤篤」地一敲，於是午餐就開始了。這頓羊頭熬湯真是美味可口。

帕霍姆沒有和大家一起坐在桌子旁，他只拿了一長片麵包，又回到火爐邊的長板凳上。女廚子給他送來一些熱呼呼的土豆和一個木鹽罐。他在按照齋期的規定吃東西。

---

[3] 這是東正教正午前在教堂做的一種禱告，天主教稱為彌撒。

「包腳布，」帕霍姆小心翼翼地把熱氣騰騰的土豆折成兩半，把另一半蘸上鹽，對她說道，「包腳布給燒掉了；我還得說妳是個笨娘們，還得說妳是個蠢貨。就是這樣。」

尼基塔走到院子裏。這是一個煙霧濛濛的日子，吹颳著潮潤潤、陰冷冷的風。顯露出來的牲口糞，使得像細顆粒的鹽一樣的灰色積雪，變得黃糊糊的。拐向堤壩的雪橇路，上面到處是牲口糞和小水窪，已經高出旁邊的雪地了。棚屋的原木牆、黑乎乎的草屋屋頂、光禿禿的樹木、寬大而沒有刷過油漆的房子，所有這一切，都是灰撲撲、黑烏烏的，輪廓清清楚楚。

尼基塔走向堤壩。老遠老遠，他就聽到濕乎乎的樹林在「沙沙」作響，就像河水在遠處流過水閘發出的喧聲。「沙沙」搖盪的白柳梢頭，籠罩著一團團低低飛馳的亂雲。一群黑茸茸的鳥兒在亂雲中，在搖來晃去的樹枝間，上下飛舞，左右盤旋，「哇哇哇哇」地發出一陣陣粗啞沉悶、驚慌不安的大叫聲。

尼基塔停住腳步，仰起頭來，張大了嘴巴。這群鳥兒就像是從濕濛濛、黏乎乎的風裏鑽出來的，就像是被那些亂雲帶過來的，牠們緊緊抓住「沙沙」搖盪的白柳樹枝，「哇哇」地高聲訴說著那些動盪的日子，痛苦的經歷、快樂的時光。尼基塔屏息斂氣地聽著，他的心怦怦地狂跳起來。

這都是一些白嘴鴉，牠們隨著初春的第一次風暴，飛回舊居，飛回自己那支離破碎的老巢。春天已經到了。

20 車輪上的小屋

濕乎乎的風狂吹了整整三天，把積雪都給吃掉了[1]。高一點的地方，一塊塊耕地顯露出來，就像一道道黑色皺紋。空氣裏瀰漫著解凍的雪、牲口糞和牲口身上的氣味。牲口棚的門一打開，母牛們就互相挨挨擠擠、爭先恐後地犄角相碰著，「哞哞」、「哞哞」地大聲叫喚著，奔向井邊。那匹公牛巴揚一聞到春風的味道，就兇猛地放肆狂吼。米什卡・寇里亞紹諾克和廖克西亞，用兩根鞭子，才勉勉強強把牲口，趕回堆滿牲口糞、臭氣熏天的牲口棚裏。他們把露天馬廄的大門打開，馬兒們都像喝醉了一樣，無精打采地走出來，渾身黯淡無光，毛兒脫落不少，髒兮兮的鬃毛稀稀鬆鬆地耷拉著，肚子圓鼓鼓的。韋斯塔正在馬廄旁邊的一個貯藏室裏生小馬駒。一群濕漬漬的寒鴉，無緣無故地忙忙亂亂著，高聲大叫著，在屋頂上空飛來飛去。屋子後面，地窖口上小棚的那邊，一群烏鴉在圍著啄食雪底下露出來的動物屍體。而樹木總是不停地「沙沙」作響，「沙沙」作響，發出一種憂鬱低沉、驚慌不安的聲音。在堤壩上空，在白柳叢中，在亂雲之間，

---

1 這是作者一種形象的說法，實際是指在暖風的勁吹下，積雪都融化了。

白嘴鴉飛來飛去，「哇哇」大叫。

這些日子，尼基塔每天都頭痛不已。他昏昏欲睡，但又惶惶不安，在院子裏到處徘徊，又沿著泥濘不堪的大路，走向糧倉，那裏一個個麥稭垛和一堆堆麥殼、康秕，散發出一股麥粒和老鼠的混合氣味。他六神無主，心慌意亂，感到好像就要發生一件什麼極其可怕的事情，一件既無法明白也難以躲避的事情。一切——大地、野獸、牲口、飛鳥，對於他來說，不再是那麼明白易懂、親善友愛，而開始變得疏遠陌生、滿懷敵意、陰鬱不祥。就要發生一件什麼事情，一件莫名其妙、不可理解的事情，一件罪孽深重得讓你只想死掉的事情。於是，他雖然感到有氣無力，而且那風、那動物屍體的腐爛味、那「得得」的馬蹄聲、那牲口糞、那所剩無幾的鬆散的積雪，這一切都使他頭暈目眩，可是好奇心仍然緊緊纏揪著他，把他牽引到這一切之中。

當他滿身散發著狗的氣味，濕淋淋、癡呆呆地回到家裏，母親目不轉睛地看了他好一會兒，不過眼睛裏沒有一點慈愛，只有一片責備。他不明白，她為什麼要惱怒，這一點更使他心煩意亂，尼基塔痛苦極了。過去這幾天裏，他沒有做過任何壞事、錯事啊，可是他仍然感到惴惴不安，似乎他確實在不知不覺中犯過什麼彌天漫地的大罪一樣。

尼基塔沿著麥稭垛背風的那一邊往前走。在這個麥稭垛上，還殘留著一個個洞穴，那是雇工們和姑娘們深秋時候掘出來的，那時他們正要打完最後一批小麥。深夜，他們就爬進洞穴和地洞裏睡覺。尼基塔於是記起了，他曾聽到的那些話，那是黑暗中從這堆散發著麥香的暖呼呼的麥稭垛裏傳出來的。他覺得麥稭垛是個危險可怕的地方。

尼基塔走近耕地農民的一座木棚，它立在離糧倉不遠的田野裏，是一座建在車輪子上的木板小屋。這間小屋的小門，只有一邊固定在合頁上，因此在風中不停地搖來晃去，悶鬱鬱地「吱吱」響著。小屋裏空空蕩蕩。尼基塔登上那架僅有五級小桿子的小樓梯，走了進去。屋裏有一個小小窗戶，安著四塊小玻璃。地板上還覆蓋著一層白雪。在屋頂下面的一面牆上，有一個木架子，還亂擺著去年秋天就放在那裏的一把被老鼠啃壞的木勺子、一個裝植物油的瓶子，和一把小刀的刀柄。風在屋頂上發出陣陣呼嘯。尼基塔站在那裏，猛然想起自己眼下獨自一人，孤零零的，沒有一個人愛他，大家都在生他的氣。世上的一切，都是濕膩膩、黑沉沉、陰森森的。淚水蒙住了他的眼睛，他感到錐心的痛苦：怎麼會不痛苦呢？孤零零、孤零零地置身於整個世界裏，置身於這空落落的小棚子裏。

「上帝啊，」尼基塔低聲說，冷颼颼的寒戰倏然從他的背上掠過，「啊，上帝呀，讓一切都重新好起來吧。讓媽媽愛我吧，讓我聽阿爾卡季・伊萬諾維奇的話吧……讓太陽出來，綠草生長吧……讓白嘴鴉不要叫得這樣可怕吧……讓我不再聽見公牛巴揚的狂吼吧……上帝呀，啊，請讓我又變得輕鬆快活……」

尼基塔一邊唸叨著這些話，一邊鞠躬行禮，急急忙忙地劃著十字。當他做完禱告以後，再看著那個木勺子、油瓶子和小刀的刀柄，心裏真的感到輕快了許多。他在這間有一個小窗子的半明

半暗的小屋裏，又站了一小會兒，就動身回家了。

這座小屋的的確確幫了他：正當尼基塔在前廳裏脫外衣的時候，母親從旁邊經過，起初就像這些日子裏常見的那樣，用那雙灰色的眼睛嚴厲地直盯盯地看著他，忽然她慈愛地一笑，用手掌摸一摸尼基塔的頭髮，問他：「喂，怎麼樣——跑夠了嗎？想喝茶嗎？」

21 瓦西里・尼基季耶維奇的離奇出場

深夜，終於下起了一場大雨，一場傾盆大雨，「沙沙嗒嗒」地起勁敲打著窗戶和鐵屋頂，把尼基塔都給吵醒了。他從床上坐起身子，笑瞇瞇地傾聽著雨聲。

夜間的雨聲妙不可言。「睡吧，睡吧，睡吧。」它性急地「沙沙」敲打著玻璃，風兒也在黑暗中一陣陣撕扯著屋前的白楊樹。

尼基塔把枕頭翻轉過來，讓冷的那面朝上，又躺了下去，在羊毛編織的被子下面，翻來覆去，直到感到很舒服，才安心睡覺。「一切都會好得出奇，好得出奇。」他想著想著，跌進了一片軟綿綿、暖融融的夢的彩雲裏。

早晨，雨停了，不過，天空還密佈著一團團陰沉沉、烏濛濛的濕雲，從南向北飄著。尼基塔看著窗外，歎了口氣。白雪的痕跡，連一絲都找不到了。寬闊的院子裏，到處都是在風中漣漪頻蕩的藍色水窪。雪橇的轍痕，還沒有完全被這場大雨吞沒，還依稀可以看出，它穿過水窪，軋過被暴風雨揉皺的枯草，奔向遠方。白楊樹上那嫩芽初綻的淺紫色樹枝，在歡天喜地、生氣勃勃地

搖來晃去。南方烏雲的裂口間，露出了一塊亮燦燦的藍天，但馬上以驚人的速度飛過了莊園[1]。

喝早茶的時候，母親焦躁不安，而且老是看著窗外。

「已經五天沒有收到信了，」她對阿爾卡季・伊萬諾維奇說，「我不知道究竟是什麼原因……瞧，已經等到春汛開始了，再過兩個星期，大路可都泡在大水中，沒法通行了……這樣沒頭腦，真是要命！」

尼基塔明白，母親說的是父親，他們正等著他在最近一兩天內回來。阿爾卡季・伊萬諾維奇出去對大管家說：「能不能派一個人騎馬去取一下信？」不過，他馬上就回到餐廳裏，用含著某種特別意味的調子，大聲說道：「上帝啊，會發生什麼事呢[2]！……出去聽聽吧，春水流得多歡！」

尼基塔猛地把門推開，走到臺階上。整個料峭、清新的空氣裏，充滿了春水往下奔流的柔和而有力的「嘩嘩」聲。這是融雪化成的成千上萬條小溪流，漫過犁溝、水溝、水坑，一路奔騰，匯流到大溝渠所發出的聲音。春水溢滿了整個大溝渠，又一路疾馳，奔向大河。河流沖破堅冰，泛出兩岸，讓一塊塊浮冰、一棵棵連根拔起的小灌木，在它的漩渦裏打轉，然後飛快上漲，漫過堤壩，又往下奔流進一個個深坑、池塘。

1 原文寫的確是「藍天飛過了莊園」，體現了孩子觀察事物的直觀。實際上，這是指烏雲不斷移動，裂口間的藍天不斷隨之顯露，就像藍天在飛動。

2 阿爾卡季・伊萬諾維奇這是在悄悄地安慰母親，說不會發生什麼事情。

飛馳過莊園的那塊藍天，撕碎並且驅散了所有的烏雲，灑下一片藍閃閃、涼溜溜的光，使院子裏那些水窪變成望不到底的一汪汪深藍，令一條條小溪閃射出一個個耀眼的小光點，讓田野中的大湖和水滿得漫出了邊的大溝渠，倒映出放射著萬道金光的太陽。

「天哪，多麼好的空氣啊。」母親雙手按在細毛披巾下的胸口上。她的臉上綻開了微笑，灰色的眼睛裏閃出綠晶晶的光。母親一笑起來，就比世界上任何人都美麗。

尼基塔跑到院子四周察看，都發生了些什麼。到處都奔流著小溪，有些小溪消失在灰色的、碎米一樣鬆散的雪堆下面，這些雪堆只要腳一踏上去，就會「咕咚」一聲塌陷下去。不論走到哪裏，到處都是水：莊園已經像一座小島。尼基塔好不容易才勉強走到建在一座小山丘上的鐵匠鋪裏。他從稍稍有點乾的一面斜坡上向大溝渠跑去。清粼粼、香冽冽的雪水，漫過去年的枯草，蜿蜒流淌，奔向遠方。他用雙手捧起一捧水，一口喝完。

大溝渠的前方，還星星點點地殘留著一些黃糊糊、藍幽幽的雪。春水或者沖散它們，把它們帶進河道；或者乾脆漫到雪上奔流：這叫「納斯魯斯」，誰要是騎馬陷入這樣一團雪粥裏，那就只有求上帝保佑他了。尼基塔沿著春水旁邊的草地往前走：要是能穿過正在乾著但仍泥滑滑的兩岸，在這種清粼粼、香冽冽的春水裏，從一個溝渠游到另一個溝渠，再游過那個波光閃閃、在春風裏蕩起層層漣漪的大湖，那該多好啊。

大溝渠的對岸，是一片平展展的田野，有的地方已變成褐色，有的地方還殘留著一些積雪，

但全都淹沒在水裏，泛起一片閃閃發光的漣漪。遠處，有五個騎馬的人，騎著沒有備鞍的馬，慢悠悠地走過那片田野。領頭的那個人回過頭去，揮動著一束繩子，顯然，他是在向其他的人喊什麼話。尼基塔看到那匹花斑馬，馬上就認出他是阿爾達蒙・秋林。最後一個騎馬的人，肩上扛著一根桿子。五個騎馬的人朝著霍米亞科夫卡走去，這個村子座落在大溝渠外邊一條河流的對岸。這真是稀奇的事兒，群騎馬的男子漢，在春水茫茫的田野裏走著，卻找不到路。

尼基塔走到那口低塘前，大溝渠把一塊又寬又大的水布罩在塘裏黃糊糊的積雪上[3]。春水漫滿了池塘的整個冰面，泛起一串串小小的浪花。池塘左邊那些又高又大、枝椏叢生的白柳樹，已經變得柔軟而富有活力[4]，發出一片「沙沙」的喧聲。一群被夜雨淋得濕漉漉的白嘴鴉，搖搖晃晃地棲落在光禿禿的樹枝間。

堤壩上彎曲多結的柳樹樹幹中間，出現了一個騎馬的人。他用腳後跟不停地踢著那匹瘦兮兮的小馬，在馬上一起一伏，揮舞著胳膊。這是斯捷普卡・卡爾瑙什金，他飛馳過一個個水窪，向尼基塔叫喊著什麼；一團團泥濘的雪塊、一片片雪白的水花，從馬蹄下飛濺起來。

---

3 池塘裏結的冰比較厚，因此春雨後塘裏的雪還沒有融化，春水沖進來灌滿了池塘，但清澈透明的春水在塘裏的積雪上清晰可見，就像給積雪蒙上了一層透明的罩布，當然小說中指明這一罩布是「水布」，顯得新穎生動，符合兒童的新奇想像和創造力。

4 指白柳樹已經解凍，不再像冬天那樣被凍得硬邦邦的。

顯而易見，發生了什麼事情。尼基塔朝屋裏跑去。在後面的臺階邊，站著卡爾瑙什金騎的那匹小馬，由於長途快速奔馳，兩邊肚子喘得一鼓一鼓的，——牠向著尼基塔搖一搖牠的頭。他衝進屋裏，正好聽到母親那一聲短促而淒厲的叫聲。母親已走進走廊正中，臉都變了樣，一雙眼睛，由於極度驚嚇，睜得溜圓，變成了白色。斯捷普卡緊跟在她身後，阿爾卡季・伊萬諾維奇從旁邊的另一扇門裏，急急忙忙奔了出來。母親簡直不是走，而是沿著走廊在飛。

「快，快，」她猛地推開廚房的門，大喊大叫著，「斯捷潘妮達、杜尼婭，快跑到雇工的住房去！……瓦西里・尼基季耶維奇在霍米亞科夫卡附近溺水了……」

最可怕的就是「在霍米亞科夫卡附近」。尼基塔頓時感到眼前一片黑暗，走廊裏忽然瀰漫著一片煎洋蔥的氣味。母親後來說，尼基塔當時緊皺雙眉，像兔子一樣尖叫了一聲。不過，他自己記不起有這麼一聲尖叫。阿爾卡季・伊萬諾維奇抓住他，把他拖進教室裏。

「你就不覺得羞恥嗎，尼基塔，而且，都這麼大的人了，」他竭盡全力緊握住尼基塔的一對上臂，一再強調說，「這算什麼，這算什麼，這算什麼？……瓦西里・尼基季耶維奇馬上就回來了……顯然，他只不過是掉在一條水溝裏，把一身浸得透濕……而那個糊塗蛋斯捷普卡把你媽媽給嚇壞了……說實話，我準把他的耳朵給揪下來……」

尼基塔依然看見，阿爾卡季・伊萬諾維奇的嘴唇在哆嗦，而兩隻眼睛的瞳孔已經縮得像兩個句號。

與此同時，母親只披著披巾，就跑向雇工住的房子，不過雇工們早已知道這事，並且在馬車棚附近鬧鬧嚷嚷地忙亂著，把那匹野性十足、強壯有力的公馬涅戈爾套到一輛平底雪橇上；他們還從露天馬廄裏抓來幾匹可以騎的馬，有人從草屋的屋頂上摘下一根帶鉤子的長竿，有人跑去拿了一把鐵鍬和一捆繩子。杜妮雅莎從房子裏飛跑出來，抱了一滿抱高領羊皮襖和裏外兩面都是毛皮的皮襖。帕霍姆走到母親面前說：「鎮定點兒，亞歷山卓・列昂季耶芙娜，讓杜尼卡到村裏去弄點伏特加[5]來。我們一把他送回來，馬上就給他喝伏特加……」

「帕霍姆，我親自同你一塊去。」

「說什麼都不行，回家去吧，會著涼的。」

帕霍姆側身坐在雪橇上，緊緊地抓住韁繩。「放手！」他衝那幾個按住公馬轡頭的孩子大喊一聲。涅戈爾矮身揹上車轅，打了個響鼻，猛地往前一拉，輕輕快快地帶著雪橇，飛跑過一片片泥濘、一個個水窪。雇工們擠成一堆，緊跟在牠後面，吆喝著，用繩子鞭打著他們的馬，讓牠們疾馳起來。

母親久久地望著他們的背影，然後低下頭，慢騰騰地走回家。從餐廳可以看見田野和小山背後的霍米亞科夫卡的白柳樹，母親坐在餐廳的窗戶旁，派人去叫尼基塔來。他跑了過來，一把抱

5 伏特加是俄國的一種燒酒（白酒），酒精度數比較高，是一種烈酒，也可算是俄國的國酒。

住她的脖子，把頭緊貼在她肩上的絨毛披巾上……

「上帝保佑，尼基圖什卡[6]，讓我們躲過災難。」母親輕聲說，用嘴唇緊緊貼在尼基塔的頭上吻了好久好久。

阿爾卡季・伊萬諾維奇好幾次來到屋裏，不停地扶扶眼鏡，搓著雙手。母親也三番五次地跑到臺階邊去看他們回來了沒有，接著，又坐回到窗戶旁，並且不讓尼基塔離開自己身邊。

夕陽還沒落山，天色就已變得紫巍巍的了，窗子下半部的玻璃上，蒙上了一層薄薄的冰花；從天黑開始，還是比較冷的。忽然，就在房子外面傳來了馬蹄踏在泥濘中的「撲哧撲哧」一聲，接著便看見了熱汗淋淋、滿嘴白沫的涅戈爾、側身坐在雪橇趕車人位子上的帕霍姆，和在雪橇上一堆高領羊皮襖、裏外兩面都是毛皮的皮襖和羊毛氈子中，並從羊皮衣服下露出來的瓦西里・尼基季耶維奇那紅騰騰、笑盈盈的臉，只是那兩撇鬍子，變成了兩根大大的冰溜[7]。

母親大叫一聲，跳起來飛跑過去，她的臉顫抖起來。

「他還活著！」她剛叫了一聲，眼淚就從她那亮閃閃的眼睛裏簌簌落下。

6 俄羅斯人平時喜歡用小名稱呼別人，尤其是晚輩。「尼基圖什卡」就是「尼基塔」的小名，前面的「莉列奇卡」也是「莉莉婭」的小名。

7 冰溜是冬天屋簷下滴水結成的小小冰棍兒。

22 我是怎樣溺水的

父親坐在餐廳裏緊靠圓桌的一把寬大的皮安樂椅上。瓦西里・尼基季耶維奇身穿一件軟茸茸的駝毛長衫，腳蹬一雙暖呼呼的軟氈靴，上唇的小鬍子和下巴上深棕色的鬍子都梳成兩溜，他那紅堂堂、樂滋滋的臉兒，倒映在茶炊上，就連茶炊也像這個晚上一樣歡樂，下面的爐條「哧哧哧哧」地往外直噴紅紅的火花，上面則「噗噗噗噗」地沸騰著雪白的水泡。

瓦西里・尼基季耶維奇喝了一些伏特加酒，興高采烈地瞇縫著眼睛，他那白燦燦的牙齒閃閃發亮。母親雖然依舊穿著那身灰撲撲的衣服，披著那條絨毛披巾，可是已經一點都不像原來的她了，臉上堆滿了無法抑制的笑容，緊抿著嘴，下巴微微顫抖著。阿爾卡季・伊萬諾維奇戴上了一副只在重大場合才戴的玳瑁鑲邊眼鏡。尼基塔跪在椅子上，肚子緊靠在桌子上，屏息斂氣、專心致志地聽父親說話。

杜妮雅莎不停地跑進跑出，拿走這個，送來那個，眼睛睜得圓溜溜的，望著自己的主人。斯捷潘妮達用一口生鐵平底煎鍋，送進一些「速成品」——大煎餅來。這些大煎餅放在桌上的時候，身上的黃油還在「嘶嘶」響著。真是人間美味啊！貓兒瓦西里・瓦西里耶維奇，把尾巴翹得

高高的，就這樣繞著皮安樂椅走來走去，一個勁地轉圈兒，在安樂椅上摩擦著背、兩邊肚子、後腦勺，歡天喜地地「喵嗚」、「喵嗚」叫著，聲音高得很不自然。刺蝟阿希爾卡，從碗櫃下面探出豬一樣的臉來，身上的刺從頭到尾都倒伏得平平滑滑的：這說明，牠也喜滋滋的。

父親心滿意足地吃了一個熱呼呼的大煎餅。

「斯捷潘妮達真不錯！」

又拿起第二個大煎餅，捲成小圓筒，也三口兩口把它吃光。

「斯捷潘妮達真不錯！」

然後喝了一大口奶茶，捋一捋上唇的小鬍子，瞇縫起一隻眼睛。

「唔，」他說，「現在我給你們講一講，我是怎樣溺水的。」

於是，他開始講述起來。

「前天，我離開了薩馬拉。事情是這樣的，沙莎，」眨眼間他變得嚴肅起來，「我非常碰巧買到了十分便宜的東西：那個波茲久寧老是糾纏不休，再要我買他那匹深褐色的公馬洛爾德·拜倫。『我要你的公馬幹什麼呢？』我說。『去吧，只不過看一眼。』他說。我一看見那匹公馬，就十分喜歡牠，漂亮極了，也聰明極了。牠斜著一雙淺紫色的眼睛望著我，就像在說：『買我吧。』而波茲久寧又纏著我不放，一而再、再而三地要我買，而且他還有那麼一輛雪橇，全套裝備一件不少……沙莎，妳不會生氣吧，我買這件東西？」

父親握住母親的一隻手：「喔，請原諒我。」

母親只好閉上眼睛：哪怕他把波茲久寧這位地方自治局[1]主席本人都買了來，難道今天她還能生氣？

「唔，於是，我就叫人把洛爾德・拜倫給我送過來。接著我又思量起來：怎麼辦才好呢？我不想讓馬兒孤零零地留在薩馬拉。我把各種各樣的禮品裝進箱子裏，」父親調皮地瞇縫起一隻眼睛，「讓他們在黎明時把拜倫套在車上，就獨自一人出了薩馬拉城。起初，有些地方還殘留著星星點點的雪，可是後來道路都被沖得七零八落。我的公馬累得滿身大汗，腳步蹣跚。我決定在科爾德班的沃茲德維任斯基神父家留宿。牧師請我吃一種特製的香腸，真是好吃極了！唔，一切都很好[2]。牧師對我說：『瓦西里・尼基季耶維奇，你走不到家啦，你瞧，大溝渠的水今天夜裏一定會漲起來的。』而我，不管什麼情況，都要動身回家。就這樣，我和牧師一直爭論到半夜。他請我喝一種黑茶藨子[3]果子露酒，是一種多麼好的酒啊！說實話，如果把這種酒運到巴黎去，法

1 地方自治局是「十月革命」前的一種地方管理機構，一八六四年開始設立。它是一種民選機關，被授權管理與每個省、地方的經濟福利和需要有關的事務，分省、縣兩級，各級都設有地方自治局代表會議，三年一選，每年召開一次會議。這是俄國從農奴制專制國家制度向資產階級的民選制度轉變的一個重要步驟。

2 這裏的「一切都很好」，大概有三層意思：一是指香腸好，二是指牧師沃茲德維任斯基好，三是指旅途順利。

3 黑茶藨（ㄅㄧㄠ）子，虎耳草科的一種灌木，俄羅斯有九十四種，最主要的品種有茶藨子、紅醋栗、金茶藨子等，其漿果中含糖、蘋果酸、檸檬酸和維生素C，可用於釀酒、做飲料。這種樹也可用於綠化。

國人一定會為它發瘋的……不過，這件事我們還是以後再說吧。我剛躺到床上，傾盆大雨就馬上鋪天蓋地地下起來了。妳想像一下，沙莎，我該是多麼難受：我就坐在離妳二十俄里[4]的地方，卻不知道什麼時候能夠回到妳身邊……去他的吧，那場雨、那個牧師，和那種酒……」

「瓦西里，」母親打斷他的話，開始嚴厲地看著他，「我鄭重其事地請求你，以後無論何時再也不要做這樣冒險的事……」

「我答應妳，絕不這樣了，真的。」瓦西里・尼基季耶維奇不假思索就隨口回答。

「就這樣……早晨，雨停了，牧師去做日禱，而我叫人把拜倫套到車上，就出發了。啊，我的老天爺呀！……我的四周一片汪洋，全是水！不過，公馬走起來倒還輕鬆一些了。我們在沒有路面的路上走著，走過齊膝深的冷水，蹚過一個個小湖泊……真美啊……太陽，微風……我的雪橇在漂浮向前。我的雙腳都濕淋淋的。真是妙不可言啊！終於，我遠遠地看見咱們的白柳了。我跑過霍米亞科夫卡，開始試著尋找一個能輕鬆安全地渡到河對岸的地方……哎呀，這個下流東西！」

瓦西里・尼基季耶維奇嘭地一拳打在安樂椅的扶手上。

「我得教教那個波茲久寧，有河的地方必須修橋！搞得我只好繞道到霍米亞科夫卡三俄里外，才蹚水過了河。洛爾德・拜倫真是好樣的，牠一下子就飛跑到陡峭的河岸上。唔，我們渡過

---

4 一俄里等於一・〇六公里。

河以後，我就想到，前面那三道大溝渠，就更難渡了。可是，後退已經是不可能的了。我就直奔第一道溝渠。妳想像一下吧，沙莎，漂滿了白雪的春水已經漲得跟岸一樣高了。那道溝渠，妳是知道的，大約有三沙繩[5]深。」

「嚇死人了。」母親說，她的臉色變得慘白。

「我把馬從車上卸下來，摘下馬頸上的夾板、套包等套具和鞍墊，把它們放在雪橇裏，卻沒想到脫下那件裏外兩面都是毛皮的皮襖，而這就是我溺水的禍根。我騎到拜倫背上，上帝保佑！公馬起初死也不願往前走。我輕輕撫摸牠。牠嗅了嗅水，『噗』地打了個響鼻。牠後退一步，猛地一下跳進溝渠，陷進了一片雪粥裏。雪粥陷到了牠的脖子上，牠開始掙扎，可是無法向前挪動一點點。我從牠背上爬下來，也陷在雪粥裏，只剩下一個腦袋露在水面上。我開始在這片雪粥裏掙扎扭動，不知是泅水，還是在爬。可是那匹公馬看見我遠離了牠，就慘兮兮地嘶叫起來：『不要丟棄我呀！』於是牠開始拚命掙扎，半爬半跳地來追我。牠追上我，用前蹄從後面踢進我敞開的皮襖裏，把我拖到水裏面。我竭盡全力掙扎，可是卻陷得越來越深，而我的腳又踩不到底。幸好，那件皮襖的紐扣沒有扣上，當我在水裏掙扎的時候，它就從我身上滑脫了。所以，它現在還在溝渠裏呢……我泅出水面，開始大口呼吸，像隻青蛙那樣，叉開四肢伏在雪粥上，接著就聽見

5 沙繩，一譯俄丈，是俄國舊長度單位，一沙繩等於二・一三四米。

『咕嘟咕嘟』的冒泡聲。我回頭一看，那匹公馬的半個臉都已經沉進水裏了，水泡從牠的鼻孔裏往上直冒，原來牠被韁繩絆住了。我只好又回到牠身邊，給牠揭開扣環，扯下籠頭。牠昂起頭來，像人一樣看著我。我們就這樣在雪粥裏手抓腳踹地掙扎了應該有一個多鐘頭。我感到再也沒有力氣了，快要凍僵了。我的心也開始結冰了。就在這個時候，我看到那匹公馬不再在水裏跳跳蹦蹦地亂踩，牠已經掉轉身子在往前漂游。這說明，我們終於掙扎著來到了沒有雪的純水裏。在水裏游泳可就輕鬆多了，於是我們就隨波漂游到了對岸。拜倫首先爬到了草地上，我跟在牠後面。我抓著牠的鬃毛，於是我們並排往前走，兩個都搖搖晃晃的。可是前面還有兩道大溝渠……不過，這時我已經看見，雇工們騎著馬跑過來了……」

瓦西里·尼基季耶維奇接著還說了幾句含糊不清的話，忽然無力地垂下頭來。他的臉紅通通的，牙齒不斷輕輕地「得得嗒嗒」交戰。

「沒什麼，沒什麼，我這是讓你的茶炊給熱得困乏無力了。」

他說著，身子向後一仰，靠在安樂椅背上，閉上了眼睛。他開始打寒顫。大家把他放到床上，他陷入夢囈連連的昏迷中……

23 復活節前一週[1]

父親在高熱中昏迷了三天，可是當他一清醒過來，首先問的是：「洛爾德・拜倫還活著嗎？」那匹漂亮公馬身體可健康著呢。

瓦西里・尼基季耶維奇活潑、歡樂的性格，使他很快就下床行動了。現在可不是在床上閒躺著的時候，春播前的忙碌開始了。鐵匠鋪裏，人們正在熔接犁鏵，修整犁具，給馬兒釘馬掌。糧倉裏，人們在用鏟子翻著發黴的糧食，驚動了一隻隻老鼠，揚起雲霧般的塵土。一臺簸穀機在棚子裏「呼啦呼拉」地響著。屋子裏，正在進行大掃除：窗子都擦得乾乾淨淨的，地板也洗得一塵不染，天花板上的蜘蛛網被掃得一絲不剩了。地毯、安樂椅、沙發，都搬到了陽臺上，讓陽光曬去它們裏面的冬天的餘氣。整個冬天在原來的地方擺慣了的所有東西，都挪動開來，掃淨灰塵，重新擺放。討厭喧囂的阿希爾卡，怒氣沖沖地跑到貯藏室裏去住下來了。

---

1 這是大齋戒的最後一週。復活節是基督教的春季節日，慶祝基督被釘死在十字架後的復活，從春分後及三月滿月後第一個星期日開始慶祝，這一天，人們見面時互相祝賀基督復活，互吻三次表示祝賀，並互相交換彩蛋（因此，下面寫到尼基塔和家庭教師做彩蛋），而且破例允許所有人去教堂隨意打鐘，所以這時到處都可以聽到教堂的鐘聲。

母親親自擦淨那些銀餐具和聖像的銀框子，打開舊箱子，使空氣中瀰漫著一股樟腦球的氣味。看一看春季的那些衣服，它們已在箱子裏壓得皺巴巴的，但由於存放了一個冬天，看起來還是新嶄嶄的。餐廳裏，放著一筐煮雞蛋，尼基塔和阿爾卡季・伊萬諾維奇正在用洋蔥皮熬的汁液給它們塗色。給它們塗成黃色，把它們用紙包上，放進加了醋的開水裏，雞蛋上就煮出了各種各樣的花紋，然後再給這些「金龜子」塗上亮油，塗上金粉，塗上銀粉。

星期五那天，整個房子都充滿了香子蘭[2]和小豆蔻[3]的氣味，大家已經在烤製復活節圓柱形大甜麵包了。臨近傍晚的時候，母親的床上已經擺上了十個高高的圓柱形雞蛋奶油麵包和矮矮墩墩的復活節圓柱形大甜麵包，它們都用乾乾淨淨的毛巾覆蓋著。

整個這一週的天氣，都是變化無常的——一會兒是烏雲翻滾，濃雲密佈，「撒啦撒啦」地下著雪糝[4]；一會兒天空又迅速清朗起來，從那藍幽幽的深淵裏，傾瀉下一片涼冰冰的春光；一會兒又是一場滿是濕漉漉雪花的暴風雨。

---

2 蘭科植物，約有一百種，分佈、栽種於熱帶，有些種的果實含香草醛，用於食品工業和香料工業。這裏是用作食品調味。

3 薑科多年生草本植物，主要栽培在印度、印度支那、中國南部和斯里蘭卡，籽實可做調味香料。

4 雪糝（ㄕㄣ），也叫「霰」（ㄙㄢˋ）、雪糝子、雪子，是一種白色不透明的小冰粒，其形狀多為球形或圓錐形，一般在下雪前或下雪時出現。

星期六這天，整個莊園空空蕩蕩的：雇工住房和主人住房裏的人，有一半去了七俄里外的村鎮科洛寇里措夫卡，參加復活節晨禱。

母親那一天感到身體不舒服——整整一個星期，她每天都累得筋疲力盡，已經疲憊不堪了。父親說，他吃過晚飯後馬上就要躺下睡覺。阿爾卡季・伊萬諾維奇，這些天一直在等著薩馬拉的來信，但總是沒有信來，只好把自己鎖在房裏，愁戚戚的，就像一隻烏鴉。

他們吩咐尼基塔：如果他想去做晨禱，那就去找阿爾喬姆，並且讓他把那匹叫阿佛洛狄特[5]的母馬套在兩輪車上，因為牠的四隻蹄子上全都釘好了鐵掌。必須在天黑以前出發，在瓦西里・尼基季耶維奇的一個老朋友彼得・彼得羅維奇・傑維亞托夫家過夜，他在科洛寇里措夫卡村開了一家食品雜貨[6]鋪子。

「順便說一句，他家裏滿屋子都是孩子，而你總是習慣於一個人獨處，這對你可不太好。」母親說。

---

5 阿佛洛狄特是希臘神話中的愛神、美神，在古羅馬神話中被稱為「維納斯」。這裏，是借用她的名字來稱呼母馬。

6 當時的食品雜貨，不僅包括茶葉、糖、咖啡、甜食、乾果等，而且還包括魚子、魚乾、乾酪等。

晚霞滿天的時候，尼基塔坐在那輛輕便兩輪馬車上，旁邊坐著身材高大的阿爾喬姆，他在那件千瘡百孔的厚呢上衣上，低低地紮了一根新的寬腰帶。阿爾喬姆說：「喔[7]，親愛的，幫幫忙吧。」

於是，臀部寬大的老阿佛洛狄特低下頭，小快步跑了起來。他們跑出了院子，跑過了鐵匠鋪，越過了黑污污的水漫過車子輪轂的溝渠。不知為什麼，阿佛洛狄特老是從車轅裏扭頭往後來看阿爾喬姆。

藍幽幽的傍晚，倒映在一個個蒙著一層薄冰的水窪裏[8]。馬蹄一路「得得」地踏著，輕便馬車轔轔地晃動著向前。阿爾喬姆一言不發地坐著，垂頭喪氣，他在想著自己對杜妮雅莎的不幸的愛情。綠濛濛的天空中，一顆細小的星星，在一抹暗沉沉的夕陽上方，像一小塊冰，微微發光。

---

7 這是俄羅斯趕車的人催馬走的喊聲，也可譯為「走吧」。

8 這裏也是兒童的直觀感受，把天空和夜晚渾融成一體了，本來應該是：傍晚藍幽幽的天空，在結了一層薄冰的水窪裏反映出來。

24

彼得・彼得羅維奇家的孩子們

緊靠天花板的一個鐵環裏掛著一盞燈，它那撚得細細的燈芯，燃著藍幽幽的燈火，發出一股難聞的氣味，勉勉強強照亮了房間。

地板上，鋪著兩床帶印花布套的羽絨褥子，散發出一種家庭和男孩子的親切而舒適的氣味。上面躺著尼基塔和彼得・彼得羅維奇的六個兒子：沃洛佳、寇里亞、列什卡、連卡──內季克[1]，和另外兩個更小的──他對他們的名字沒有絲毫興趣。

幾個大些的孩子正輕言輕語地在講著故事，連卡──內季克卻老是挨揍，一會兒耳朵被揪一下，一會兒太陽穴被扯一把，好叫他別在旁邊牢騷不斷，嘀嘀咕咕。兩個最小的早已趴著把鼻子埋在羽絨褥子裏睡著了。

彼得・彼得羅維奇家的第七個孩子是個小姑娘，名叫安娜，和尼基塔同歲，滿臉雀斑，長著一雙像鳥兒那樣圓溜溜的眼睛，眼裏沒有一絲笑意，還有一隻雀斑多得黑麻麻的鼻子，她不時悄

---

1 內季克（НЫТИК）在俄語中意為「愛發牢騷的人，愛抱怨訴苦的人」，說明連卡平時愛叫苦抱怨。

沒聲兒地從走廊裏來到男孩子們住室的門口。每次她一出現，男孩子中就會有一個對她說：「安娜，還不去睡？我可要馬上起來……」

於是安娜同樣悄沒聲兒地不見了。整棟屋子裏都靜悄悄的。

彼得・彼得羅維奇是教堂的管理人，傍晚的時候就到教堂去了。他的妻子瑪麗亞・米羅諾芙娜，對孩子們說：「吵個不停，鬧個不休！再吵再鬧，我就把你們的腦袋殼全打掉……」她在晨禱前要躺下休息休息，並且命令孩子們也躺下睡覺，不許亂動亂鬧。列什卡，這個頭髮蓬亂豎立、脫了門牙的圓臉孩子，在講著一段故事：「去年復活節，我們比賽滾雞蛋，我贏了整整兩百個。我吃啊，吃啊，使勁吃，後來肚子就成了——這樣脹鼓鼓的大肚子了。」

安娜在門外插話了，她怕尼基塔把列什卡的話當真：「這是假話。您不要相信他。」

「只有上帝知道，我馬上起來了。」列什卡威脅她。

門外又悄無聲息了。

沃洛佳，這個老大，是一個皮膚黝黑、頭髮鬈曲的男孩，他坐起身來，在羽絨褥子上盤起雙腳，對尼基塔說：

「明天我們一塊到鐘樓敲鐘去。我一開始敲鐘，整個鐘樓就都發抖。我用左手敲那些小鐘，

『玎玲，玎玲』。用這隻右手敲那口大鐘，『噹，噹』。那口大鐘，足足有十萬普特[2]重。」

「也是假話。」門外傳來耳語般的聲音。

沃洛佳那麼飛快地轉過身來，鬈髮也跟著飄飛起來。

「安娜！」

「可是，我們爸爸特別特別有力，」他說，「爸爸能夠抓住一匹馬的前腿把牠舉起來。當然，我還沒有這麼大的力氣。不過，尼基塔，你夏天再來看我們的時候，我們一塊去池塘那兒。我們的池塘，有六俄里長。我能夠爬到樹上，從最高的樹頂上，往下一頭跳進水裏。」

「我還能，」列什卡插嘴說，「待在水裏根本不呼吸，並且看見所有的東西。去年夏天，我們去游泳，我的腦袋上爬滿了蠕蟲、跳蚤和甲蟲，各種各樣的……」

「又是假話。」門外又傳來勉強能聽見的歎息般的話語。

「安娜，小心妳的辮子！」

「這個小姑娘怎麼生就這麼一副愛和人作對的討厭脾氣，」沃洛佳叫苦不迭地說，「她總是覺得特別無聊，不停地悄悄溜到我們這裏來偷聽，然後再到媽媽那裏去告狀，說我們打她。」

---

2 一譯俄擔，俄國重量單位。一普特等於十六・三八公斤。

門外傳來了嗚咽聲。第三個男孩寇里亞，側身躺著，用一隻拳頭撐著下巴，總是用一雙善良但稍稍有點憂傷的眼睛看著尼基塔。他生著一張長臉，滿臉都是溫順的神情，上嘴唇長得很長很長[3]。當尼基塔轉臉朝著他時，他馬上眉開眼笑。

「你會游泳嗎？」尼基他問他。

寇里亞眼睛裏的笑意更濃了。沃洛佳藐視地說：「他把我們所有人的書都給讀了。他夏天住在房頂上一個窩棚裏，對，房頂上的窩棚。他成天躺著看書。爸爸想送他到城裏去念書，而我就得料理家務事情了。因為列什卡還小，還得讓他到處亂跑。我們傷腦筋的是這一個，這個內季克，」他猛地撥了一下連卡頭上一綹雞冠一樣豎立的頭髮，「他是一個特別讓人討厭的孩子。爸爸說，他有腸蟲。」

「這種病他一點都沒有，我倒是生過可怕的腸蟲，」列什卡說，「因為我吃牛蒡和金合歡的莢子，我還能吃蝌蚪呢。」

「還是假話。」門外又傳來呻吟般的聲音。

「好啊，安娜，這回，我可要抓住妳了。」

---

3 原文是「從鼻子尖到上嘴唇之間有一段長長的距離」。

於是，列什卡從羽絨褥子上跳起來衝向門口，撞到了一個睡著的小孩，他還沒有醒來，就啜泣起來。然而，就像樹葉飄飛一樣，走廊裏，當然，早已沒了安娜的蹤影，只聽見遠處的門「砰」的一聲關上了。

列什卡回來的時候說：「她躲到媽媽哪裏去了。反正她逃不出我的手心，我要打得她滿腦袋盡是疙瘩。」

「原諒她吧，阿廖沙，」寇里亞說，「你幹嘛緊追不放呢。」

於是，阿廖什卡[4]、沃洛佳，甚至連卡——內季克都一起氣呼呼地責難他：「怎麼倒成了我們緊追著她不放了！是她緊纏著我們不放啊。哪怕你走到一千俄里外，回頭看看吧，她準像追債的一樣緊跟在後邊……沒有哪一件事是她看得慣的——我們說了假話啦，做了不允許做的事啦……」

列什卡說：「有一次，我整整一天坐在水裏的蘆葦叢中，就只為了躲開她，結果螞蟥都差點把我吃光了。」

沃洛佳說：「我們坐著吃飯的時候，她卻馬上去報告母親：『媽媽，沃洛佳抓到了一隻老鼠，把牠放到口袋裏啦。』可是，對於我來說，這隻老鼠也許是最珍貴的東西。」

4 阿廖沙、阿廖什卡，都是列什卡的小名。

連卡——內季克說：「她總是站在那裏看著你，一直看到你忍不住要哭起來。」

這些孩子在向尼基塔抱怨安娜的時候，早已把母親吩咐的安安靜靜躺著、在晨禱前不許說話，忘到了九霄雲外。突然，從遠處傳來瑪麗亞・米羅諾芙娜低沉有力、氣勢洶洶的威脅聲：「我還得向你們重複一千遍嗎！……」

男孩子們立刻就安靜了下來。然後，他們低聲耳語著，互相推擠著，開始使勁穿上靴子，套上短皮襖，圍上圍巾，飛跑到街上去了。

瑪麗亞・米羅諾芙娜也走了出來，穿著一件嶄新的長毛絨大衣，披著一條繡著玫瑰花的肩巾。安娜，圍著一條寬大的頭巾，緊緊拉著母親的手。

夜空中，繁星燦燦。飄來一陣陣夾雜寒氣的泥土氣息。人們沿著一排黑乎乎的木房子一聲不吭地走著，輝映著點點星光的小水窪上的冰，在腳下咔咔響著：女人，男人，孩子，都在向教堂走去。遠處，集市廣場上，教堂的金色圓頂在黑沉沉的天空下已隱約可見。圓頂下面點燃著三盞油燈碟子，分三層排列，一層更比一層低。微風輕輕拂過，火焰柔柔舞動。

25 堅定的心靈

做完晨禱後，大家回到家裏，擺好桌子，準備開飯。到處都是紅燦燦的紙玫瑰：復活節甜奶渣糕上擺著，復活節圓柱形大甜麵包上放著，就連牆上的糊牆紙上也釘著。窗口上掛著的一個鳥籠裏，一隻被燈光驚擾的金絲雀，不時發出「吱吱」的啼鳴。彼得・彼得羅維奇，穿著一件長襟的黑色禮服，笑得那兩撇韃靼人式的小鬍子都翹了起來，這是他的老習慣了，他給每個人的高腳玻璃酒杯裏都斟滿櫻桃酒。孩子們開始剝雞蛋，舔匙子。瑪麗亞・米羅諾芙娜太累了，她連披巾都沒解，就一屁股坐了下來。她已累得都沒有胃口開齋解饞了，她只有等到那個時候再說了——她叫做「吵吵鬧鬧一夥子」的孩子們最終睡得安安靜靜了。

尼基塔剛一就著幽藍的燈光躺在羽絨褥子上，用羊皮襖蓋住身子，耳朵裏馬上就灌滿了細嫋嫋、冷幽幽的歌聲：

基督從死亡中復活了，他以死戰勝了死……

於是他的眼前又浮現出那些白刷刷的木板牆，無數雙流淚的眼睛，鍍金的聖像前許許多多的燭光，和透過一團團雲霧般上湧的藍嫋嫋的香煙，顯現在教堂藍臻臻的圓頂下，在金光燦爛的星空中的一隻展翅飛翔的鴿子。在裝了鐵柵欄的窗戶外，是茫茫黑夜，而這唱著的歌聲，有一種熟羊皮和大紅布的氣味，燭光反映在上千雙眼睛裏，西邊那幾道門打開了，人們舉著神幡[1]，低著頭走進教堂。整個一年裏做過的所有壞事，在這一天裏都得到了饒恕。長著雀斑鼻子、腦後帶著兩個藍蝴蝶結的安娜，探過頭來吻她的哥哥們……

第二天早晨，天氣陰沉沉的，可是卻暖洋洋的。教堂裏祈禱前的鐘聲「叮叮」、「噹噹」地一起敲響。尼基塔和彼得・彼得羅維奇家的孩子們，連那個最小的也在內，一起跑向公社的糧倉[2]旁邊那片乾枯的放牧地。那裏人山人海，人聲鼎沸，人們的服裝五顏六色，應有盡有。男孩子們玩著「奇日克」[3]，玩著打棒和相互騎馬的遊戲。女孩子們圍著花綠綠的各式各樣小披巾，穿著新嶄嶄的印花布打褶衣裳，坐在糧倉牆邊的一堆原木上。她們每一個人的手裏，都有一塊手

1 是一種窄長的旗子，上面畫有基督或聖徒像，懸在長杆上，在教會的隊伍行進時擎舉著。

2 公社（мир），一譯「村社」、「米爾」，是十三至二十世紀初俄國的農村公社。在這裏，土地公有，平均分配，並且定期重分。公社集體為社員個人承擔責任，同時個人服從公社共同體的領導，集體勞動、耕作，收穫的糧食存入公社糧倉，同時還實行民主管理，集體審判。這裏的公社糧倉指的就是整個公社的人共有的糧食貯藏室。

3 「奇日克」是俄羅斯的一種兒童遊戲，其要領是：用棍子把另一根兩頭帶尖的短棍往圈裏打。

帕，裏面包著葵花子、葡萄乾和雞蛋。她們嗑著葵花子，調皮地東張西望，不時開心地微微一笑。

浪蕩鬼彼季卡靠著那堆原木的一端，手腳伸開懶洋洋地坐著，把一雙勒上做出小褶的皮靴伸向前面，誰都不看，按著手風琴的鍵，演奏出一首古老的曲子，就像有人突然間在曼聲說：「哎喲，你呀，你呀，你呀，你呀！」

在另一道牆邊，站著一圈孩子，正在玩著拋硬幣猜正反面的遊戲。他們每個人的手掌裏，都握著一沓黏黏糊糊的二戈比[4]銅幣和三戈比銅幣。輪到誰拋，他就把一枚五戈比的硬幣霍地投在地上，「啪」地一腳踩住，「嚓」地一下用腳尖踢起來，讓它升向空中，越飛越高，並且喊著：「老鷹還是字[5]？」

就在這兒不遠的地方，在毛茛已在去年的草裏長出了茸茸嫩芽的地上，坐著一群女孩子，正在玩找雞蛋的遊戲：把一堆糠秕分成兩半，其中一小堆藏著兩個雞蛋，另一小堆什麼也沒有，讓別人去猜雞蛋是在哪一小堆裏。

4 俄羅斯貨幣主要有兩種單位：盧布和戈比。一盧布等於一百戈比。盧布往往是紙幣，戈比則是硬幣，最初以銀鑄造，後改為以銅鑄造。因戈比上有拿長矛（копье，音為「戈比」）的騎士，因此得名戈比。

5 舊俄硬幣除了拿長矛的騎士外，最突出的標誌為：正面是老鷹，背面是字。此處意即「正面還是反面」，讓別人來猜。

尼基塔走到玩找雞蛋遊戲的那一群人跟前，剛剛從口袋裏掏出一個雞蛋，可是馬上就聽見了安娜在自己背後伏在耳邊——真不知道她是從哪裏這麼及時地趕來的——悄聲細語地說：「聽我說，您別跟她們玩，她們會欺騙您，會把您的雞蛋全贏光的。」

安娜用那雙圓溜溜、毫無笑意的眼睛看著尼基塔，用滿是雀斑的鼻子「哄」地大聲抽氣。尼基塔於是走到玩打棒的男孩子們中間，然而，安娜又不知道從什麼地方鑽了出來，從緊閉的嘴唇的一角冒出輕輕的咕噥：「別跟這些人玩，他們就想騙你，我聽見他們說了。」

不管尼基塔走到哪裏，安娜都緊跟在他後面，就像風中的一片落葉追著他飛，在他耳邊竊竊私語。尼基塔不知道，她為什麼要這樣做。他感到非常掃興，也很是羞恥，並且看到，男孩子們已經開始在笑他並且用眼睛盯著他了，有一個男孩子還衝他叫了起來：「同女孩子們鬼混去吧！」

尼基塔走到綠漣漣、冷絲絲的池塘邊。褐灰色的陡岸下，還攤著一些正在融化的髒兮兮的雪。遠處，白嘴鴉在叢林那光禿禿的高高樹頂上，上下盤旋，「哇哇」大叫……

「請您聽我說，」安娜又在他背後悄聲細語了，「我知道黃鼠住在哪裏，您想去看的話，我們就一起去看看。」

尼基塔頭都沒回，只是怒氣沖沖地使勁搖了搖頭。安娜又輕聲說道：「上帝作證，騙你的話就叫我瞎了雙眼。您為什麼不願去看看黃鼠呢？」

「我不去。」

「那麼，您想——去摘些毛茛，揉在眼睛上，好讓眼睛什麼都看不見嗎？」

「不想。」

「這麼說，您是不願意跟我玩囉？」

安娜噘起嘴唇，望著池塘，看著鱗波輕漾的綠粼粼水面。她那編得緊緊的小辮子被風兒吹到了一邊，她那長著雀斑的尖尖鼻子尖都變紅了，她的雙眼噙滿了淚水，眨個不停。尼基塔這下恍然大悟了：安娜整整一早晨追著他，是因為她對他的那種感情，就像他對莉莉婭的感情一樣。

尼基塔飛快地走向池塘陡岸的最高處。假如安娜緊跟著追上來纏住不放的話，他就跳進水中。他覺得這太令人尷尬、太叫人羞愧了。那種奇妙怪異的話語、那種心有靈犀的眼神和意味深長的微笑，除了莉莉婭一個人，他是無論和誰也不會交換的。而跟任何一個別的女孩子這樣做，這已經就是背叛和無恥。

「這一定是那些男孩子們在你面前誹謗我，」安娜說，「我要把一切都告訴媽媽……我會一個人去玩……我才用不著你呢……我還知道哪裏有一些東西……而且這是一些很有意思的東西……」

尼基塔沒有回頭，他聽著安娜嘟嘟囔囔，但沒有讓步。他的心非常堅定，是不會改變的。

26 春天

你已經不能抬頭去望太陽了，它從高空傾瀉下一團團眩人眼睛的毛茸茸光流。藍澄澄、碧汪汪的天空上，漂浮著一朵朵雲彩，就像一片片白雪。春風吹送來嫩草和鳥巢的香味。

房子前面，那些香滋滋的白楊樹上，爆出了一個個大嫩芽，母雞們在太陽曬熱的地方「咯咯」地叫著。花園裏，綠草從曬得熱呼呼的土裏，像綠茸茸的公雞，穿透腐爛的葉層，爬滿了地面，整片草地都蒙上了薄薄一層白馥馥、金燦燦的小小星星。花園裏的鳥兒每天都在增加。一隻隻烏鶇在樹幹間飛來跳去，牠們跳動起來也是高手。黃鶯在椴樹上築巢，牠們都是一些綠豔豔的大鳥，翅膀上長著一團團金子一樣黃燦燦的絨毛。牠們忙忙亂亂著，用甜蜜悅耳的聲音「啾啾」鳴唱著。

旭日剛一東升，屋頂上和鳥籠裏的所有椋鳥[1]，就都醒了，用百調千腔悠揚婉轉地唱了起來：一會兒是夜鶯的嬌鳴，一會兒是雲雀的歡唱，一會兒是牠們冬季在海外聽過的幾種非洲鳥的

1 椋鳥科，包括八哥、鷯哥、椋鳥等等，棲息於開闊地，在地面上步行或跳躍，喜結群活動，食性頗雜，有的能模仿牠種鳥的鳴聲和人語。

嘶叫，那是一種譏笑嘲弄、不成音調的特別刺耳的聲音。一隻啄木鳥，像一塊灰色的頭巾，穿過嫩綠透明的白樺樹叢，飛落到一棵樹幹上，轉過頭來，朝上抬起牠那紅通通的冠子來。

就在一個陽光燦爛的星期天的早晨，從池塘邊那些露水晶瑩的樹林裏，響起了杜鵑[2]「咕咕」的叫聲：以一種憂傷、孤獨而溫柔的調子，向生活在花園裏的小蟲子以上的所有生物祝福。

「活著，愛著，該是多麼幸福，咕——咕。可是我卻孤零零地過日子，沒有什麼需要我照顧，咕——咕……」

整個花園都在一聲不響地傾聽著杜鵑的祝福。瓢蟲、飛鳥，還有蹲在大路上、蹲在通向陽臺的臺階上肚子一鼓一鼓、總是對一切感到驚奇的青蛙，大家都在盡力推想著自己的命運。杜鵑的歌聲剛一停下，整個花園馬上就「吱吱」、「啾啾」得更加歡快了，就連樹葉也「沙沙」地歌唱起來。

2 杜鵑又叫布穀（在中國古代還有杜宇、子規等叫法），由於牠的習性、生活方式和叫聲都與眾不同，因此俄羅斯民間關於牠有種種傳說，並且賦予牠各種象徵意義：象徵憂愁的獨身女人；被稱為死亡的先知或預言者；代表著哀愁、傷感，等等。還有不少民間諺語與牠有關，如：「布穀鳥叫，苦難到。」「杜鵑咕咕，預報不幸。」「聽到咕咕叫，心中直發慌，叫一聲活一年，聲聲催命。」「杜鵑對人叫多少聲，他就將活多少歲。」因此，小說下面馬上寫杜鵑給所有生物祝福，既寫出牠的孤獨，又寫出牠的善良，牠叫個不停，是為了讓別的生物多活幾年。

26 春天

有一次，尼基塔坐在大路旁水溝的邊沿上，用手托住下巴，凝神觀望著上游池塘岸上綠茸茸、平展展牧場裏的馬群。健壯的騸馬，垂下頸子，飛快地揪吃著短短的青草，不時用動尾巴驅趕蚊蠅；母馬們都回過頭去看一看——自己的小馬駒是否跟在身邊；小馬駒們抬起牠們那膝蓋粗圓、腿兒細長柔弱的四腳，在母親四周小跑著，生怕離母親太遠，時常撲到母親的肚子下面，尾巴一甩一甩的，吸吮著奶汁；在這樣一個美妙的春日裏，飽吸一頓奶汁，是多麼香甜舒暢啊！

那些三歲大的母馬們，離開了馬群，在牧場上尥著蹶子，高聲嘶叫，腳兒亂踢，頭兒直搖，飛快地奔來跑去；有一匹開始躺在草地上打滾，另一匹張嘴呲牙，尖聲嘶叫，想要咬牠。

瓦西里・尼基季耶維奇穿著一件帆布大衣，坐著一輛四輪輕便馬車，經過堤壩，沿著大路往前走。他下巴上的鬍子被風吹得歪到一邊去了，一雙眼睛喜盈盈地瞇縫著，臉頰上還有一塊污泥。他一看見尼基塔，就拉緊韁繩，把馬勒住，並且說：「這群馬中你最喜歡哪一匹？」

「幹什麼呀？」

「『什麼』也不『幹』！」

尼基塔也像父親那樣瞇縫起眼睛，伸出一個指頭，指著一匹叫克洛皮克的深棕紅色騸馬。他很久以前就注意到牠了，主要是因為這匹馬腦袋漂亮，神情可愛，馴良，溫和。

「就是這匹。」

「唔，太好啦，你就繼續喜歡牠吧。」

瓦西里・尼基季耶維奇緊緊地瞇起一隻眼睛，「吧嗒」咂了一下嘴，晃了晃韁繩，那匹勁鼓鼓的公馬就拉著馬車，沿著平坦坦的大路輕快地走了。尼基塔望著父親的背影：「不對，他問我這句話絕不是無緣無故的。」

27 升旗

麻雀們「嘰嘰喳喳」的叫聲吵醒了尼基塔。他躺在床上，凝神細聽，一隻黃鶯在歌唱，這是多麼甜蜜悅耳的歌聲啊，就像從水中奏出的木笛聲。窗戶敞開著，屋子裏散發著一種清新宜人的青草氣味，陽光被濕津津的葉叢遮得如散金碎銀，撒滿在牆上和地板上。一陣微風輕輕吹過，一顆顆晶亮的露珠灑落在窗臺上。阿爾卡季・伊萬諾維奇的聲音從花園裏傳了過來：「海軍上將，趕快起床吧？」

「我正在起床呢！」尼基塔高聲回答著，可是他又在床上躺了一會兒：一覺醒來，躺在床上，聽聽黃鶯的鳴唱，看看窗外濕津津的葉叢，可真是一件美滋滋的事情啊！

今天，五月十一日，是尼基塔的生日，父母決定要為他在池塘上升起一面旗幟。尼基塔慢條斯理地——他不希望時間過得太快，穿上一件新嶄嶄的花格藍襯衫、一條新簇簇的田鼠皮布[1]褲子。這條褲子非常結實，即使它被隨便哪棵樹的什麼樹枝掛住，它都不會扯破。他就這樣自我陶

1 田鼠皮布是一種結實光滑的緞紋棉布，俗稱田鼠皮布。

醉著，開始去刷牙。

餐廳裏潔白清新的桌布上，擺放著一大束鈴蘭花，整個房子裏香氣氤氳，芬芳撲鼻。母親把尼基塔摟到懷裏，全然忘記了他那海軍上將的軍銜，竟然像一年沒見到他似地，久久地看著他，並且親吻他。父親捋著鬍子，骨碌碌地轉動著眼珠，向尼基塔報告：「我非常榮幸地報告閣下，根據格里高里曆法[2]所提供的情況，並且根據全球天文學家的計算，今天您已經滿了整十歲，為了這項成就，特獻給您這把帶十二把刀刃的小摺刀，這把小摺刀對於海軍工作，或者丟失掉它，都非常適用。」

喝過早茶後，大家一起走向池塘。瓦西里・尼基季耶維奇煞有介事地鼓著腮幫，吹出了一段海軍進行曲。

母親被他逗得放聲大笑，她提起裙子，以免下襬被露水打濕。阿爾卡季・伊萬諾維奇肩上扛著船槳和長竿，走在他們後面。

池塘彎曲處那道寬綽綽的岸上，洗澡房的旁邊，早已栽好一根頂上帶著圓球的杆子。一隻小船停泊在岸邊，船上的紅紅綠綠在碧水中反映成一道道綠豔豔、紅丹丹的條紋。小船陰影那邊

[2] 是羅馬教皇格里高里十三世在一五八二年頒佈的曆法，即現在的西曆，又叫新曆。因原來用的是羅馬皇帝尤立安所頒佈的曆法，稱尤立安曆法，又叫舊曆。

的水中，池塘的居民——水甲蟲、幼蟲、小小的蝌蚪在游來游去。腳掌上長著毛茸茸墊子的水蜘蛛，在水面上來回飛跑。一群白嘴鴉從老白柳樹上的窠中俯瞰著塘面。

瓦西里・尼基季耶維奇把海軍上將個人的小旗幟綁在升降旗杆上，旗徽是一隻紅通通的青蛙，兩條前腿張開，兩條後腿站在綠油油的田野上。他又鼓起腮幫子，飛快地拉扯著繩子，讓小旗幟沿著旗杆，飛升到杆頂的圓球下面，整個兒打開。白嘴鴉紛紛從窠裏、從樹枝上飛了起來，驚慌不安地「哇哇」大叫著。

尼基塔走上小船，坐下來把住船舵。阿爾卡季・伊萬諾維奇蕩起了船槳。小船吃水更深了，它搖搖晃晃地慢慢移動著，離開了塘岸，行駛在池塘那鏡子一般的水面。這鏡子般的水面，倒映著一棵棵白柳、白柳下的一個個綠蔭、一群群飛鳥，和一片片白雲。小船滑行在水天相連處，漫游在水天一色中。在尼基塔的頭頂，出現了一大團小小的蚊蚋，牠們一窩蜂擠成一堆雲，緊跟著小船飛上飛下。

「全速前進，開足馬力，全速前進！」瓦西里・尼基季耶維奇在岸邊高喊。

母親使勁揮舞著一隻手，哈哈大笑著。阿爾卡季・伊萬諾維奇拚命地「嘩啦嘩啦」划起槳來，於是，從矮矬矬、綠茸茸的蘆葦叢中竄出了兩隻鴨子，失魂落魄地「呷呷」大叫著，在水面半像飛翔半是游泳地向前狂奔。

「開過去，進行接舷戰[3]，青蛙的海軍上將！烏拉[4]拉拉拉！」瓦西里・尼基季耶維奇大喊著。

3 接舷戰是古代的一種水戰法，即將船駛近敵船，鉤住敵方的船舷，進行肉搏戰。

4 「烏拉」是俄語中十分常見的一個口語詞，其意思因具體情況不同而有變化，一般來說，有兩種基本意思：第一，是軍隊衝鋒的吶喊，可譯為「衝啊」，此處就是這種意思；第二，表示讚美的歡呼聲，可譯為「萬歲」、「好啊」之類。

28 熱爾圖希恩

熱爾圖希恩落在走廊和屋牆中間的角落裏，太陽曬熱的一塊青草上，牠惶恐不安地望著越走越近的尼基塔。

熱爾圖希恩把腦袋往後一仰，靠在背上，牠那整個兒就是一長條黃線的尖嘴，擱在肥大的嗉囊上。熱爾圖希恩全身羽毛豎立，把一雙腳收縮在肚子底下。尼基塔俯身向牠的時候，牠大張開嘴，想要嚇退這個孩子。尼基塔把牠捧在手中。這是一隻羽毛還有點發灰的八哥，牠顯然是在試飛，從窠裏飛了出來，然而那雙笨拙稚嫩的翅膀支撐不住，於是掉在地上，躲到角落裏，藏進葉子緊貼著泥土的蒲公英中。

熱爾圖希恩的心臟絕望地「砰砰」直跳，「我『哎喲』一聲歎上一口氣都來不及，」牠想，「他就一口把我吃掉了。」牠當然清楚地知道，自己是怎樣吃掉那些蠕蟲、蒼蠅和毛毛蟲的。

小男孩把牠舉到嘴邊。熱爾圖希恩感到有一層死的薄膜遮住了自己黑溜溜的眼睛，茸茸羽毛下的心狂跳起來。可是，尼基塔只是吹一吹牠的頭部，就把牠帶進屋裏：這麼說，他現在還飽飽的，要過一陣子才吃牠熱爾圖希恩呢。

亞歷山卓・列昂季耶芙娜看見這隻八哥，也像尼基塔一樣，把牠捧在掌心裏，吹吹牠的頭頂。

「壓根兒還是隻小幼鳥呢，這可憐的小東西，」她說，「多麼金黃的一張小嘴，熱爾圖希恩[1]。」

他們把八哥放在一個開向花園、蒙著窗紗的窗臺裏。屋子裏邊的窗戶下半截，也蒙上一層窗紗。熱爾圖希恩馬上躲到角落裏，極力表明，牠不願輕易送掉性命。

在屋外，在透明的白窗紗外邊，樹葉兒「沙沙」作響，一群令人蔑視的麻雀——這些小偷、欺凌者，在灌木叢裏吵鬧不休，打成一團。同一道白窗紗的另一邊，屋裏，尼基塔正在盯著牠看，他的眼睛睜得圓溜溜的，骨碌碌地轉動著，神秘莫測，而又讓人心醉神迷。「完蛋啦，徹底完蛋啦。」熱爾圖希恩心想。

可是，尼基塔直到晚上都沒有吃牠，只是把許許多多的蒼蠅和蠕蟲，從半截窗紗的上面扔了進來。「先把我餵肥啊。」熱爾圖希恩思忖著，斜眼看著那條沒有眼睛的紅紅蚯蚓——牠就在牠的鼻子底下，像蛇一樣盤成圓圈：「我不能吃牠，牠不是真蚯蚓，這是一個詭計。」

太陽降落到樹葉背後了。使人昏昏欲睡的灰濛濛光線朦朧了眼睛，熱爾圖希恩用爪子越來越緊地抓住窗臺。眼睛已經什麼都看不見了，花園裏的鳥們全都沉寂無聲了，輕輕襲來一陣濕氣和

1 熱爾圖希恩（желтухин）在俄語中有「黃色」（жёл т ый）的意思，因此用作它的名字。也就是說牠的得名是因為牠那黃黃的小嘴。

青草的甜蜜而催眠的香味。牠的頭越垂越低，慢慢垂進了羽毛裏。熱爾圖希恩怒轟轟地豎起羽毛——以防萬一，踉踉蹌蹌地往前走了幾步，然後就坐在尾巴上睡著了。

麻雀們吵醒了牠，牠們「嘰嘰喳喳」，吵鬧不休，還在一棵丁香樹的樹枝間打架。濕浸浸的葉叢在灰濛濛的光亮中垂掛著。一隻椋鳥，在遠處「劈劈啪啪」地跳上跳下，興高采烈、悅耳動聽地唱了起來。「我餓得再也受不了啦，我餓得都噁心想吐了，我很想吃東西。」熱爾圖希恩心想。接著就看見了那條毛毛蟲，牠的一半身子已經爬進窗臺上的一條小小縫隙裏，熱爾圖希恩跳到牠身邊，啄住牠的尾巴，把牠拖出來，一口吞下：「不錯，這蟲子真是美味可口。」

光亮漸漸變成藍色，鳥兒們開始歌唱。就在這時，一道暖呼呼、亮閃閃的太陽光，穿過葉叢，照到了熱爾圖希恩的身上。「嘿，我們還活著。」熱爾圖希恩想著，跳起身來，啄住一隻蒼蠅，一口吞進肚裏。

就在這時，響起了震耳的腳步聲，尼基塔走了過來，從窗紗外邊伸進一隻巨大的手來：鬆開手指，在窗臺上撒下一些蒼蠅和蠕蟲。熱爾圖希恩驚恐萬狀地躲到角落裏，猛地把一對翅膀全部撲騰開，緊緊地盯著那隻手。可是那隻手只是在牠頭頂停留了一下，接著馬上就縮回到窗紗外邊去了。然後，又是那雙神秘莫測、吸人魂魄、炯炯有神的眼睛，在凝望著熱爾圖希恩。

尼基塔離開以後，熱爾圖希恩用小嘴理一理羽毛，心想：「這麼說，他不吃我了囉，雖然他完全可以吃我。這麼說，他是不吃鳥的了。唔，那就沒有什麼可怕的了。」

熱爾圖希恩飽餐了一頓，用尖嘴把羽毛清理乾淨，沿著窗臺跳過去，望著窗外的麻雀們，看見了一隻頭頂羽毛脫了一塊的老麻雀，就轉動腦袋，吹起口哨，開始逗弄牠：「咿呦呦，嘰哩喳——嘰哩喳，咿呦——呦。」老麻雀勃然大怒，豎起滿身的羽毛，大張開嘴，向熱爾圖希恩飛撲過來，結果一頭撞到了透明的窗紗上。「怎麼樣，得到懲罰了吧？就該這樣。」熱爾圖希恩暗暗高興，於是志得意滿地在窗臺裏一搖一擺地走來走去。

隨後，尼基塔又回來了，從窗紗外伸進一隻手來，不過這次手裏什麼也沒有，而且那麼緊挨著牠的頭頂。熱爾圖希恩一躍跳起，竭盡全力朝他的手指拚命一啄，又迅速跳了回去，擺出一副作戰的姿勢。可是尼基塔只是大張開嘴，放聲狂笑：「哈——哈——哈。」

一天就這樣過去了，沒有任何可怕的事情，吃的東西很好，儘管有一點單調。熱爾圖希恩疲倦得沒等黃昏降臨，就心滿意足地睡過了這一夜。

第二天早晨，牠吃過早餐以後，就開始仔細觀察怎樣才能逃出紗窗。牠把整個窗臺都走了一圈，但沒在任何地方找到一點縫隙。於是牠跳到小碟子旁，開始喝水——嘴裏吸滿了水，就把腦袋往後一仰，一口嚥下，一個小小圓球就順著喉嚨滾進肚裏。

這是漫長的一天。尼基塔帶來了蠕蟲，又用鵝毛把窗臺打掃乾淨。然後，是一隻禿頂的麻雀想要和一隻寒鴉打架，於是寒鴉就那樣使勁一啄，牠就像一塊小石子掉進樹葉叢中，在那裏豎起渾身的羽毛，朝上望著寒鴉。

不知道什麼原因，一隻喜鵲飛到窗戶下面，喋喋不休地「喳喳」直叫，東跳西竄，尾巴亂搖，忙忙亂亂，但沒有一件事做得有條理、有意義。

一隻紅胸鴝[2]唱了很久很久，牠溫柔婉轉地歌唱著熱烘烘的陽光，歌唱著甜蜜的三葉草。熱爾圖希恩甚至感到憂傷起來，喉嚨裏有什麼在「咕嚕咕嚕」地翻翻滾滾，很想唱出聲來。然而，該在什麼地方唱呢？當然，不應該在這小小窗子裏，在這網兜般的牢籠裏……

牠又繞著窗臺走了一圈，於是，看見了一個可怕極了的動物：牠用四個短小、柔軟的腳掌悄無聲息往前走著，肚皮慢慢從地板上滑過。牠的腦袋是圓圓的，稀稀疏疏的鬍子硬硬地直豎著，可是牠那幽綠幽綠的眼睛裏，細窄的瞳仁卻閃射出像魔鬼一樣兇狠、陰險、可怕的惡光。熱爾圖希恩嚇得蹲下身子，一動也不敢動。

這是貓兒瓦西里·瓦西里耶維奇，牠輕輕地往前一跳，用長長的爪子緊緊抓住窗臺的邊沿，隔著紗窗看定熱爾圖希恩，並且大張開嘴……上帝啊……牠那張嘴，比熱爾圖希恩的尖嘴還要長呢，嘴裏還露出一隻隻獠牙……貓兒用爪子猛抓著，試圖撕破窗紗……熱爾圖希恩的心都往下直掉了，翅膀也軟軟地耷拉下來……然而就在這時候——來得正是時候，尼基塔出現了，一把抓住貓兒脖子後面那塊毛皮，把牠向門外扔去。瓦西里·瓦西里耶維奇委委屈屈地哀鳴幾聲，拖拉著

[2] 鴝是鳥類的一種，身體小，尾巴長，羽毛美麗，嘴短而尖。

尾巴，飛跑而去。

「沒有哪種動物能比尼基塔更厲害啊。」這場驚險過後，熱爾圖希恩思量著。於是，等到尼基塔再次走近牠身邊的時候，牠就讓他撫摸自己的腦袋，儘管牠依舊嚇得坐在尾巴上。

這一天就這樣過完了……第二天清早，歡天喜地的熱爾圖希恩再次把自己的住處巡視了一遍，竟然一下子發現了窗紗上的一個窟窿，那是貓兒昨天用爪子撕破的。熱爾圖希恩從窟窿裏探出頭來，東張張西望望，然後爬到外面，跳進輕輕飄蕩的空氣中，拚命拍打著小小的翅膀，幾乎是緊貼著地板在飛。

到了門口，牠升高一些，飛進了另一間屋子，牠看見在圓桌旁邊坐著四個人。他們正在吃東西，用手拿起大塊的食物，放進嘴裏。他們四個人都轉過頭來，一動也不動地凝望著熱爾圖希恩。牠懂得，應該在空中停止前進，向後轉過身來飛行；可是，難度如此之大的飛著轉身、轉身飛行牠還不會，只好垂下翅膀，翻轉身子，於是就栽落到桌子上，停在高腳果醬盤和糖罐之間……於是牠馬上就看見尼基塔正坐在自己面前。熱爾圖希恩不假思索，一跳跳到果醬盤上，然後又從那裏跳到尼基塔的肩膀上，坐了下來，直豎起全身的羽毛，雙眼就像蒙上了一層薄膜，看東西都有點模模糊糊的。

熱爾圖希恩在尼基塔的肩膀上坐了一陣，就振翅往上一飛，飛到天花板下面，捉住一隻蒼

蠅，降落到牆角的一棵橡皮樹上，又圍著枝形吊燈飛過來、飛過去，最後覺得餓腸轆轆了，就飛回到自己的窗子裏去，那裏早已為牠準備好了新鮮的蠕蟲。

傍晚的時候，尼基塔把一個有門廊、小門和兩扇小窗戶的小木房子，放在窗臺上。熱爾圖希恩很喜歡這個房子，房子裏面黑糊糊的，牠跳了進去，轉悠了一陣，然後就睡著了。

就在這天晚上，貓兒瓦西里・瓦西里耶維奇因犯罪未遂，被鎖在貯藏室裏，一直在「喵喵」地大喊大叫著，把嗓子都叫得嘶啞起來，連老鼠都不願捉了，只是坐在門邊，那樣「喵喵」地哀號著，一直叫得連牠自己都感到討厭起來。

這樣，在這棟房子裏，除了貓和刺蝟，現在又住進了第三位禽獸王國的成員——熱爾圖希恩。牠有著十足的獨立精神，相當聰明，而且很有辦法。牠喜歡聽人們談話，於是，人們一圍著圓桌坐下來，牠就低著頭側耳細聽，用歌唱一樣悅耳的調子叫著「沙莎」，並且還鞠上一躬。亞歷山卓・列昂季耶芙娜堅信，牠這正是向她鞠躬。只要一看見熱爾圖希恩，母親就總是對牠說：「問好啊，問好啊，你這灰色的小鳥，精力充沛、活潑機靈的小鳥。」熱爾圖希恩立即跳到她那長裙子的拽地長後襬上，心滿意足、洋洋自得地被裙子拖著走。

牠就這樣一直生活到秋天。牠長大了，長了滿身黑油油、亮閃閃的羽毛和一雙烏黑發亮的翅膀，學會了一口流利的俄語，差不多整天都生活在花園裏，不過，一到黃昏，就一如既往地回到窗臺上自己的小木屋裏。

八月裏，野八哥把牠引誘到牠們的一群中，教會牠飛翔，於是，等到花園裏樹葉開始飄零的時候，熱爾圖希恩，有一天天才剛剛破曉，就隨著一群候鳥，飛向海外，到非洲去了。

29 克洛皮克

田野裏春天的農活已經忙完了，果園已經鋤過土，並且澆過水。在聖彼得日[1]到來之前，在割草季節來臨之前，終於有了一段空閒的時間。幹活的馬兒現在都被趕進牲畜群裏，送到池塘那邊綠茵茵的牧場上。那裏，每天早晨都會升起一片藍幽幽的曉霧，使得一棵棵彼此孤獨聳立的又粗又大的黑楊樹，看上去就像從煙霧瀰漫的空中生長下來似地，懸掛在土地上空。

米什卡・寇里亞紹諾克緊跟著這群牲口，照料馬兒。他坐在一個高高的高加索馬鞍上，一雙赤腳蹬入兩邊的馬鐙，腳掌不時滑出來，晃晃蕩蕩的。

米什卡飛馳過碧油油的草地，去追趕一匹離群的小母馬，他大喊一聲：「阿札特！」並且把鞭子抽得像打槍那樣響。隨後，當他騎的那匹沒有轡繩的馬，嚼子「叮叮噹噹」響著，開始去啃青草，米什卡就從馬背上跳了下來，要麼坐在水溝旁的土堆上，削著小木棍，要麼把褲腿捲到膝蓋上，走進池塘，在暖溶溶的水裏拔蘆葦的球莖和像蛇一樣黑乎乎、長溜溜的蘆葦根；球莖是酸

1 聖彼得日在每年的六月二十九日。

溜溜、脆嘣嘣的，可是蘆葦根，卻飽含澱粉而且很甜。如果你吃得太多，那麼你的肚子就會劇烈地疼痛起來。

尼基塔跟著米什卡‧寇里亞紹諾克在池塘裏度過了一整天，並且跟他學會了騎馬。跨上馬鞍並不難：那匹長著栗色斑點的瓦灰色老騸馬，溫順地站在那裏，只是偶爾用一條後腿拍拍肚子，趕走那些馬蠅。然而，等尼基塔騎了上去，拉住韁繩，讓這匹灰馬大走起來，他就開始時而向左倒、時而朝右歪了。每當這匹灰馬跑了三十來步的時候，就會突然「啪」地停下來，低頭用牠那厚厚的嘴唇去扯青草吃，尼基塔總得手忙腳亂地緊緊抓住馬鞍的前橋，有時候甚至從馬脖子上滾到灰馬前蹄邊的地上，那匹灰馬對此卻無動於衷，全然一副若無其事的樣子。

米什卡說：「你不要膽怯，掉下來又不疼。只是要縮住脖子，千萬可別用手去抓地，跌下來時要像球一樣翻滾。我這就教給你看看，怎樣不用馬鞍，也不用籠頭——縱身一跳，騎上飛跑。」

米什卡跑向一群還只有三歲、從來沒被人騎過的小馬，朝前伸出一隻手，開始呼喚牠們：「來吃吧，來吃吧，來吃吧……」

一匹名叫明星的小母馬向他走了過來。這是一匹嬌生慣養、愛吃好糧食的母馬，腿兒又長又細，深褐色的毛中夾著黑圓斑點。牠豎起耳朵，用柔軟的嘴唇來探尋麥粒。米什卡開始給牠的脖子搔癢，明星開始點著牠那端正的頭——搔癢是很舒服的。於是，為了使米什卡感到高興，牠也開始用牙齒輕輕咬住他的肩膀。

米什卡撫摸著牠，用手掌沿著牠那像緞子一樣光滑的背撫摸下去，明星驚慌地後退了一步。他一把抓住牠的耆甲[2]，縱身一躍，跳到了牠的背上。明星大吃一驚，怒氣沖沖，猛地往旁邊一躥，搖晃著腦袋，尥著蹶子，身子往後一蹲，用兩條後腿站了起來，然後，竭盡全力撒腿飛馳過那一群牲口。

米什卡騎在牠背上，就像壁虱緊緊黏在牠身上。突然，牠在飛速奔馳中猛地站住，向後一退，高舉前腿，用後腿直立起來。米什卡縮成一個圓球，滾到了青草上。他揩掉臉頰上擦出的血，微微瘸拐著走回到尼基塔身邊。

「該死的母馬把我徑直拋到枯枝上了，」他說，「要是你，這可就不行了，你太胖了。」

尼基塔沒有吭聲，心想：「哪怕摔掉了腦袋，我也要練到比米什卡騎得更好。」

吃晚飯的時候，他講起了明星的事情，母親立即憂心忡忡。

「聽我說，」她說，「我請你千萬不要走近沒有馴熟的馬。」說著她用哀求的眼光望著瓦西里·尼基季耶維奇，「瓦夏，至少你得支持我……總有一天，他會摔斷自己的胳膊和大腿的……」

2 耆甲是馬等頸子上的隆起部分。

「這真好極了，」瓦西里·尼基季耶維奇對此回答道，「既然不准他騎馬，最好也不准他走路——要知道他也可能摔破鼻子呀，乾脆讓他坐在罐子裏，用棉花包起來，送到博物館裏去……」

「我早就知道會這樣，」母親答道，「我就知道，今年夏天我是不會有一刻安寧的……」

「沙莎，妳應該明白，孩子已經十歲了……」

「啊呀，反正……」

「請原諒，我壓根兒不希望，他長大以後，變成像某個斯柳寧佳依·馬卡羅諾維奇[3]那樣的孬種、倒楣蛋。」

「好吧，可這並不意味著，你馬上就必須把克洛皮克送給他呀。」

「最重要的是，吃奶的孩子都能騎克洛皮克。」

「牠可是釘了鐵掌的。」

「不，我已經吩咐把鐵掌給卸下來了。」

「嗨，既然這樣，那你們就儘管隨心所欲吧，去騎烈馬吧，去摔破腦袋吧。」母親眼裏充滿了淚水，她迅速地從桌子旁站起身來，走進臥室裏。

3 斯柳寧佳依·馬卡羅諾維奇出自哪本書、哪個故事，不詳，但從文中的意思可以知道這是一個十分懦弱、沒有出息的人。

瓦西里・尼基季耶維奇飛快地把鬍子朝兩邊捋順，把餐巾「啪」地往桌子上一扔，就去追母親。阿爾卡季・伊萬諾維奇，一直靜靜地坐在那裏，就好像這場談話和他無關；這時他望了望尼基塔，整一整眼鏡，輕言細語地說：「瞧，老弟，這情況可對你不利啊。」

「阿爾卡季・伊萬諾維奇，請您告訴媽媽，我不會掉下馬來的……說實話，我……」

「忍耐、沉著和堅定的性格，」阿爾卡季・伊萬諾維奇敏捷地捉住一隻蒼蠅，牠固執地老是想落在他的鼻子上，「這三種品質對於學會把馬騎好，也同樣重要……」

這時，臥室裏一直在進行著大聲交談。父親的聲音低沉有力：「在他這種年齡，男孩子已經完全可以自立了……」

「在哪裏，在哪裏，他們能自立？」母親用悲觀絕望的聲音問道……

「在美國，男孩子就能自立……」

「這是一派胡言……」

「可妳得相信我，在美國，十歲的男孩子的確就像我一樣，已經完全自立了……」

「我的上帝啊，可咱們不是在美國呀……」

整整一個星期，都在一而再、再而三地進行著關於男孩子自立問題的談話。母親已經做出了讓步，她愁腸百結地看著尼基塔，就像他準會摔成重傷，只是希望他盡可能地保護好腦袋。

在這個星期裏，尼基塔在池塘邊的牧場裏勤奮、用心地學著騎馬。米什卡稱讚他，並且又傳

授給他一個調馬師的秘訣：隨著馬跑上幾步，往牠身上一跳，就像玩跳背遊戲[4]那樣，從馬屁股跳到馬背上。

「牠永遠也來不及尥蹶子把你顛下來，等牠尥起蹶子來顛你的時候，你早已緊緊抓住牠的耆甲了。」

終於，有一天在吃完早飯以後，陽臺上那彎彎曲曲爬在繩子上的金蓮花，把浮動的影子投射在桌布、盤子、人臉上時，母親把尼基塔叫了過來，讓他站在自己的面前，愁戚戚地說：「你該知道，你已經十歲了，你必須自立了，到你這個年齡，別的男孩子們已經完全，完全……」她的聲音顫抖起來，她朝著父親那邊微微皺了皺眉，「總而言之，爸爸說得對，你已經不是小孩子了。」瓦西里‧尼基季耶維奇低頭看地，用手指「砰砰砰砰」地敲著桌子邊。「明天，我們打算到琴布拉托娃家去作客，如果你想騎馬，那你可以騎著克洛皮克去……只是，我求求你，求求你……」

「媽媽，說實話，您儘管放心好了，我絕對不會出什麼事的。」說完，尼基塔吻了吻母親的眼睛、臉頰、下巴和散發著果醬氣味的雙手。

4 跳背遊戲的規則是：參加者輪流從前面彎腰站立者身上跳過去。

第二天，在吃過早飯以後，瓦西里・尼基季耶維奇吩咐尼基塔去拿他的馬鞍——耶誕節送給他的那副英國造灰色麂皮馬鞍，並且，在他們沿著青青草地走向馬棚時，告訴他：「你必須學會怎樣刷洗馬、給馬戴上嚼子、裝上鞍子，和騎完馬以後，牽著馬去蹓一蹓[5]……必須愛護馬兒，讓牠乾乾淨淨。這樣，你就是一個出色的好騎手了。」

完全敞開的馬車棚裏，一輛帶彈簧的四輪馬車上套著三匹馬。馬車夫謝爾蓋・伊萬諾維奇，穿著一件坎肩，套上深紅色的套袖，頭上卻戴著一頂普普通通的男式便帽——他總是直到坐上他那趕車人的座位時，才戴上那頂裝飾著羽毛的皮帽——他正在那裏一邊調整著拉邊套[6]的馬的後鞧[7]，一邊罵著正在幫忙的阿爾喬姆：「你把皮帶套在牠的胸脯下面幹什麼，真沒見識！要知道，這是套外出用的車啊。別動那根馬具上的夾板繩，不要碰它。你只會把一隻貓套在籃子上。」

「我可從來沒有套過馬。」

「姑娘們看不上你，就是因為你——真沒見識。快把新轡繩遞給我。」

---

5 馬兒在劇烈運動後渾身發熱，跑完後牽馬去遛遛，是為了讓牠的身體慢慢涼下來，這對馬兒的健康很有好處。

6 拉邊套也就是在車轅的側面拉車。

7 後鞧，一作「後秋」，是套車時拴在駕轅牲口屁股周圍的皮帶、帆布帶等。

轅馬洛爾德・拜倫，用長長的皮帶套在寬寬的車門上，咬著馬嚼子，「嗒嗒」地跺著木地板，當謝爾蓋・伊萬諾維奇給牠整理帶金屬飾物的籠頭下耆甲上的鬃毛時，用牙齒輕輕地咬住他的肩膀。車棚裏瀰漫著濃烈的皮革、健馬的汗水和鴿子的氣味。等三匹馬都套好了，謝爾蓋・伊萬諾維奇笑瞇瞇地向尼基塔轉過頭來，說：「你想親手裝鞍子嗎？」

克洛皮克已經從馬廄裏給牽出來了，尼基塔興沖沖、樂陶陶地打量著牠。

克洛皮克是一匹棕紅色的騸馬，一身刷洗得乾乾淨淨的，矮矮小小，壯壯實實，四條小腿上毛色各異，尾巴上的毛黑油油、密簇簇的，鬃毛也同樣是黑油油、密簇簇的。額上一綹長長的鬃毛遮住了牠的眼睛，於是牠不時輕輕搖晃一下腦袋，透過鬃毛喜融融地看著。在牠的背上，長著一長條黑毛。

「多好的一匹馬呀。」謝爾蓋・伊萬諾維奇說著，把一桶水提到牠面前。

克洛皮克飽喝了一陣，抬起頭來，水從牠那灰色的嘴唇上往下直滴。

尼基塔拿起籠頭，按照別人教給他的方法，把嚼子從馬嘴的一邊塞進去，給他加上勒口。克洛皮克用牙齒咬住那塊口銜鐵。尼基塔鋪好氈鞍墊，再蓋上一件繡著花字[8]的灰色馬被，在馬被上面放上馬鞍，並且開始勒緊馬肚帶——這種活兒他幹起來可就不那麼輕鬆了。

8 花字是由姓名等的頭一個字母組成的組合字。

「牠鼓著肚子呢，」謝爾蓋・伊萬諾維奇說，「狡猾的畜生，牠把肚子給鼓起來了。」

於是，他用手掌「啪啪」地拍打著克洛皮克的肚皮；騸馬這才「噗」地吐出那口氣來，尼基塔便把肚帶勒緊了。

瓦西里・尼基季耶維奇走了過來，開始指揮：「左手握住轡繩，在馬的前面走過去，走到左肩旁。坐上去。用小腿部把馬夾緊[9]。腳不要在馬鐙裏動來動去，腳尖也不要往下鉤。」

尼基塔坐上馬背，用一條抖顫顫的腿找到了右邊那隻老是躲躲閃閃的馬鐙，用鞋後跟往馬身上一磕，克洛皮克就徑直大步奔進了馬廄。瓦西里・尼基季耶維奇大喊：「停住！停住！用右手的轡繩拉住牠，真是個馬大哈！……」

在馬廄的蔭涼處，站著克洛皮克。尼基塔羞愧得滿臉通紅，縱身跳下馬，拉著轡繩，把牠牽了出來，一路小聲罵著這匹狡猾的騸馬：「豬，你真是一頭豬，你這倒楣的傻瓜蛋！……」

克洛皮克樂不可支地不時搖一搖牠額上的鬃毛。謝爾蓋・伊萬諾維奇走過來，說：「坐上去，我來牽牠。多麼狡猾的一頭小騸馬，牠不願幹活，只想站在陰涼的地方。」

克洛皮克終於就範了，尼基塔騎著牠，像急奔的狗那樣快，矯健敏捷地飛馳過牲口棚。

9 原注：小腿部，指騎手腿上從踝骨到膝蓋的部分；用小腿部夾緊馬，騎手就能驅使馬往前走。

謝爾蓋・伊萬諾維奇戴上那頂裝飾著羽毛的皮帽，和一雙塗過白粉的手套，坐在趕車人的座位上，威嚴地大喊一聲：「讓開！」

抓住洛爾德・拜倫籠頭的阿爾喬姆，趕忙跳到一邊去，那輛三套馬的四輪車，便猛地往前一衝，轔轔地沿著木地板，飛奔出了馬車棚。馬車的清漆和銅活兒閃閃發亮，拉邊套的馬蹄下飛濺起一團團新鮮的草泥，馬身上成對的鈴鐺「玎玲玎玲」地響著。馬車在綠茵茵的院子裏畫了一個半圓，停在房子的門外。

亞歷山卓・列昂季耶芙娜穿著一身雪白的衣服，打著一把白色小傘，走下臺階，她驚慌不安地看著騎馬飛馳向遠方的尼基塔。父親扶著母親坐上馬車，然後自己也跳了上去：「出發！」

謝爾蓋・伊萬諾維奇把轡繩稍稍往上一抬。三匹膘肥體壯、出色可愛的馬，接到勒緊的馬嚼子傳來的命令，輕輕鬆鬆地拉著馬車奔跑起來，馬蹄「得得」、「得得」、「得得」地敲在小木橋上，拉邊套的馬飛馳起來，整個馬車於是跟著往前飛奔。洛爾德・拜倫明白，這一切，只不過是鬧著玩，就轉動豎起的耳朵，警惕起來。母親一刻不停地四面張望：尼基塔已經丟開轡繩，微微彎著腰，竭盡全力飛奔著追趕馬車。

他本想靈巧地從馬車旁飛馳而過，但是克洛皮克卻認為：「這，純屬多餘。」因此，當他們趕上馬車並與牠走齊的時候，牠扭頭轉上大路，並且改成小跑，平平穩穩地緊跟著馬車，走在一片塵土的雲霧中。沒有任何力量能夠讓牠稍稍停住腳步，也沒有任何辦法能夠叫牠再轉身離開大路。牠認為這一切根本沒有必要，既然騎馬，那就得在大路騎，不要沒事找事，多此一舉。

母親環顧四周，尼基塔緊抿著嘴唇，身子隨著馬的奔跑而搖搖晃晃，緊張兮兮地從馬的兩耳間觀望著。飛揚的塵土令他感到極其討厭，克洛皮克的小跑使他的胃翻江倒海般難受。

「你想到馬車上來嗎？」

尼基塔頑強地搖搖頭。父親笑呵呵地對謝爾蓋・伊萬諾維奇說：「讓出大路！」

洛爾德・拜倫豎起耳朵，把鐵一樣的腿轉向旁邊邁出，拉邊套的馬也全都轉到了草地上，克洛皮克突然奔馳起來，但是馬車已經走了很遠了，於是，牠怒火中燒，竭盡全力狂奔大跑，連吃奶的勁兒都使出來了，在極力疾馳。

平穩小跑那種極其難受的感覺消失了，尼基塔輕輕鬆鬆、穩穩當當地騎馬飛馳，風在耳邊呼嘯，路旁的麥苗蕩起一層層綠豔豔的波浪，亮麗的陽光下看不見的雲雀用最本真的聲音在歌唱……這幾乎就像費尼莫爾・庫柏小說裏所寫的那樣美妙啊。

馬車漸漸變成了慢慢行走。尼基塔氣喘吁吁地追上馬車，歡天喜地地望著父親。

「很好吧，尼基塔？」

「太好啦……克洛皮克——真是一匹了不起的馬啊……」

30 在游泳池

有一天，一大清早，瓦西里・尼基季耶維奇、阿爾卡季・伊萬諾維奇和尼基塔，沿著一條小路魚貫而行，走過被盈盈露水蒙成灰藍色的草地，到池塘，去洗澡。

晨霧依舊一團團、一縷縷，掛在花園裏密密稠稠的叢林間。在林間空地裏，在一朵朵黃香蓮和一叢叢白三葉草上，一大群蝴蝶像輕飄飄的樹葉，一起翩翩翻飛著。一隻勞碌的蜜蜂，「嗡嗡」地到處飛舞。一隻野鴿子在花園的密林深處「咕咕」叫著，牠緊閉雙眼，鼓起胸脯，甜蜜而憂傷地「咕咕」著什麼，似乎就將永遠這樣「咕咕」下去：「咕咕」了一陣，稍停片刻，又重新「咕咕」起來。

瓦西里・尼基季耶維奇行過長長的、「啪啪」拍擊著水面的小木橋，走進用木板搭成的浴棚，坐在放在黑暗中的一張長凳上脫衣服，他輕輕拍拍自己毛叢叢、白皙皙的胸口和光滑滑的兩肋，瞇縫著眼睛，望著水裏耀眼的反光，說：「好啊，太好了！」

他那被太陽曬得黝黑的臉盤和油黑發亮的鬍子，就好像拼湊在他那白白皙皙的身體上似的。父親的身上散發出一種特別好聞的健康香味。每當有蒼蠅落在他的腳上或肩膀上，他就張開手掌，響亮地「啪啪」拍打，在皮膚上拍出一塊塊玫瑰紅。燥熱的身體涼下來後，父親拿起一塊香噴噴的肥皂——它很輕很輕，不會沉入水裏，小心翼翼地踩著那架長滿綠黴、滑不唧溜的小木梯，慢慢走進洗澡池——水只漫到他的胸口，開始使勁往頭上和鬍子上擦肥皂，鼻子「噗噗」地噴著氣，一個勁兒地唸叨：「好啊，太好了！」

洗澡池的頂上，一群蚊蚋飛舞在藍幽幽的陽光中。一隻斑蜻蜓飛了過來，牠戰戰兢兢地用凸鼓鼓、綠瑩瑩的眼睛，看著瓦西里·尼基季耶維奇滿是白花花肥皂泡的頭，從旁邊飛走了。阿爾卡季·伊萬諾維奇這時也在匆匆忙忙、羞羞怯怯地脫衣服，他蜷縮起長長的腳趾，微微彎成鉤形，打開浴棚的外門，四面張望了一下——看是否有人會從岸邊看見他，用低沉的聲音說：「唔——呀，好啊——啊。」於是挺著肚子跳進池塘。塘水「撲通」一聲朝兩邊分開，水花「嘩嘩」四濺，嚇了一跳的白嘴鴉紛紛從樹枝上飛起，而他以自由泳的姿勢，划臂向前游去，他那長滿棕紅汗毛的乾瘦身體，在藍漾漾的水裏搖搖晃晃。

阿爾卡季·伊萬諾維奇游到池塘中心，就開始翻起跟頭來，他一個猛子扎入水中，再「噗」的一聲浮出水面，嘴裏發出水怪那樣的聲音：「唉——噗——嗒——嗒——嗒……」

尼基塔蜷成一團坐在那條烏黑發亮的松木長凳上，等父親洗完。瓦西里·尼基季耶維奇把肥皂和擦洗用的椴樹內皮擦子放在樓梯上，用手指堵住耳朵，三次鑽進水中，濕漉漉的頭髮都緊貼

著他的腦袋，鬍子耷拉在一起，就像一個楔子。整個這副面容，活像一個倒楣蛋。事實上，大家早已這樣叫他：「裝扮成倒楣蛋的瓦夏」。

「唔，咱們開始游泳吧。」他說著，爬到外面的小木橋上，「撲通」一聲重重地投進池塘，像青蛙那樣游著，在清澈透明的水裏慢慢分別划動雙手和兩腳。

尼基塔翻一個跟頭飛撲進水裏，追上父親，同他並排向前游，等待著父親的誇獎。今年夏天，尼基塔跟著男孩子們在恰格拉河洗澡時，已經靈巧地學會了游泳——他會側泳，能仰泳，也學會了踩水，還可以在水下滴溜溜轉著翻跟頭。

父親向他耳語道：「我們去浸阿爾卡季。」

他倆左右分開，從兩邊游向阿爾卡季・伊萬諾維奇，他由於近視看不清附近的東西。他們用自由式的划臂游法游到他的身邊，猛地朝他身上一撲。阿爾卡季・伊萬諾維奇嚇得吼叫起來，開始慌亂地左衝右突，從水裏拚命探出身子，直到露出腰部，接著又潛入水底。他們試圖抓住他的雙腳，因為在這世上他最怕的就是搔癢。然而，要抓住他可並不是一件輕而易舉的事，他總是每次都成功地逃脫了。於是，等到瓦西里・尼基季耶維奇和尼基塔回到浴棚裏，阿爾卡季・伊萬諾維奇早已穿好內衣，戴好眼鏡，坐在長凳上了，他發出令人氣惱的哈哈大笑：「游泳，游泳，你們可還得好好學學呢，先生們。」

他們每次從池塘回來，總是遇見亞歷山卓・列昂季耶芙娜，她頭戴一頂白潔潔的包髮帽，身

穿一件毛絨絨的長浴衣。母親在燦麗的陽光下瞇縫起眼睛，笑盈盈地說：「早餐放在花園裏，就在椴樹下面。你們先吃吧，不要等我了。等我的話，那些麵包可就冷啦。」

31 晴雨計指針

瓦西里・尼基季耶維奇已經一連幾天都在用指甲「嗒嗒」地敲著晴雨計，並且低聲咒罵著。晴雨計的指針老是固執地指著：「乾燥，很乾燥。」已經整整兩個星期沒有下過一滴雨了，而這正是莊稼成熟的時候。土地龜裂，天空蒙著一片炎騰騰的熱氣，顯得蔫搭搭的，遠處天邊的地平線上，懸蕩著一片昏黑的煙霧，就像馬群揚起的塵雲。牧場上的草都已曬得枯焦焦的，樹上的葉子都已黯淡發乾，開始捲曲，可是不管瓦西里・尼基季耶維奇一而再、再而三地「嗒嗒」敲著那個晴雨計，指針依舊執拗地指著：「乾燥，很乾燥。」

一家人圍坐在餐桌邊的時候，不再像以前那樣說說笑笑了，父親和母親的臉上都是一副憂心忡忡的樣子；阿爾卡季・伊萬諾維奇也一聲不響地望著盤子，不時整一整眼鏡，盡力想以此來掩蓋那些壓得很低的歎息。可是，他有自己的特殊原因：城裏的女教師瓦莎・尼洛芙娜，早已允諾到索斯諾夫卡來作客，卻寫了封信來說，她已被「病倒在床的母親絆住」，只是希望深秋時節能在薩馬拉城和阿爾卡季・伊萬諾維奇見上一面。

尼基塔這樣想像著這位瓦莎・尼洛芙娜：一個身材高挑、滿面愁容的女人，穿著一件灰撲撲

的短上衣，掛著一隻帶細鏈的錶，一條腿被鐵鏈鎖在床腳上。在這樣一個被熱霧籠罩得昏濛濛、悶乎乎的日子裏，想像一位城裏女教師，坐在一張鐵床的邊上，呆呆望著空無一物的牆，真是特別令人苦悶。

吃中飯的時候，瓦西里·尼基季耶維奇在盤子上用手指按波爾卡舞曲的節奏「叮叮」地敲著，說：「要是明天再不下雨，今年的收成就全完了。」

母親立即低下頭去。只聽見一隻蒼蠅在一扇大窗子頂上，那裏鑲了兩層從沒擦過的半圓形玻璃，陷在蜘蛛網裏，「嗡嗡嗡嗡」地叫著。通往陽臺的玻璃門已經關上，以便擋住從花園裏湧來的熱氣。

「莫非又要出一個荒年，」母親說，「上帝啊，這太可怕了！」

「對啦，就這樣吧：坐下來靜候判處死刑吧。」父親雙手插進繭綢褲子的口袋裏，走到窗子邊，抬頭望望天空，「又是這樣一個該死的火烤、火燎的一天，馬上就會給你帶來一個饑餓的冬天，傷寒流行，牲畜死光，孩子夭折……真是莫名其妙。」

午餐在靜默中結束了。父親去睡午覺，母親被女工們喊到廚房裏，請她清點漿洗的衣物。阿爾卡季·伊萬諾維奇，大概是想讓自己的心情變得糟糕透頂吧，獨自一人動身到曬得燙腳的草原上散步去了。

正午時分，每一間房子都瀰漫著不祥的寂靜，只有蒼蠅在「嗡嗡」不停，所有的東西都像蒙上了一層薄薄的灰塵。尼基塔不知道，哪裏有個什麼地方能讓自己湊合著躺一躺；他走到臺階上，寬闊的院子泡在熱濛濛但仍亮晃晃刺人眼睛的白色陽光下，空空蕩蕩，靜靜悄悄，一切都睡著了，萬籟俱寂。在這極度的寂靜和炎熱中，他感到「嗡嗡」耳鳴，頭昏腦脹。

尼基塔走進花園，可是，那裏同樣沒有生氣和活力。一隻昏昏欲睡的蜜蜂在「嗡嗡嗡嗡」著。落滿塵土的樹葉，一動也不動地垂掛著，就像一片片鐵皮。那條小船依舊停泊在池塘昏暗的水深處，上面白點點的，到處是白嘴鴉拉的屎。

尼基塔走回家裏，躺在一張散發著老鼠氣味的小沙發上。大廳中間擺著一張沒鋪桌布的光光餐桌，露著一條條令人厭惡的細細桌腿。世界上再也沒有什麼東西比這張桌子更枯燥無味的了。遠遠的廚房裏，女廚子在小聲唱著歌——她在那裏打掃衛生，大概正用細細磚灰在擦著刀子，由於煩悶得要死，在壓低聲音號叫，號叫。

忽然，熱爾圖希恩從一扇半開著的窗戶裏飛了進來，落到窗臺上，牠的嘴巴大張著——實在是太熱了。牠喘息了一陣，緩過勁來，就從桌子上方直飛過來，坐在尼基塔的肩上。牠轉過頭來，面對面地細看著尼基塔，一口啄向他的太陽穴，因為尼基塔的太陽穴上長著一粒黑痣，看上去就像一顆小麥粒。牠感到不對，趕忙鬆口，又對著尼基塔的臉細看。

「別打擾我，求求你啦，走開吧。」尼基塔一邊對牠說，一邊懶洋洋地站起來，在一個盤子裏給八哥倒滿了水。

熱爾圖希恩喝飽了水，跳進盤子裏，開始洗澡，「嘩啦啦」地濺得到處是水，然後就喜滋滋、樂悠悠地飛舞著，尋找一個抖淨水滴、啄理羽毛的地方，於是就落在晴雨計的木套子頂上。

「咿呦，」熱爾圖希恩用柔和悅耳的聲音說，「咿呦，暴風——風——雨。」

「你說什麼？」尼基塔一邊問著一邊走到晴雨計跟前。

熱爾圖希恩坐在木套子頂上，深深地點一點頭，垂下翅膀，用鳥語和俄語又「嘰哩咕嚕」了好些話。就在這時，尼基塔突然發現，晴雨計刻度盤上的藍針，已經遠遠離開了金針，在「變天」和「暴風雨」之間不停地顫動。

尼基塔用手指「啪啪」敲著晴雨計上的玻璃，藍針朝「暴風雨」這個刻度靠得更近了。尼基塔朝圖書室飛跑，父親就睡在那裏。他篤篤地敲著門，父親用睡意沉沉、無精打采的聲音漫不經心地問道：「唔，什麼事？到底有什麼事？」

「爸爸，你來——看看晴雨計吧……」

「別打擾我，尼基塔，我正睡得香呢。」

「你去看看，晴雨計上有什麼變化了吧，爸爸……」

圖書室裏靜悄悄的，顯而易見，父親還不能馬上從沉睡中清醒過來。終於，他的赤腳開始「啪嗒啪嗒」響起來了，門上的鑰匙一轉，就從門縫裏伸出一把亂蓬蓬的鬍子來：「為什麼吵醒我？……發生了什麼事？」

「晴雨計正指著暴風雨呢。」

「胡扯。」父親吃了一驚地小聲說道，接著飛跑進客廳，立刻叫喊得整棟房子都聽得清清楚楚：「沙莎，沙莎，暴風雨！……烏拉！……我們得救了！」

睡意越來越濃，炎熱越來越烈。鳥兒全都停止了歌唱，蒼蠅都昏昏騰騰地聚集在窗戶上。傍晚，低落的夕陽躲進了一片紅通通的煙霧裏。很快，就暮靄紛飛，夜幕降臨。天空黑漆漆的一片，看不見一顆星星。晴雨計的藍針堅定不移地指著：「暴風雨。」一家人全都圍坐在那張腿兒很多的圓桌邊，輕聲交談著，朝著陽臺那扇敞開的門，觀望黑糊糊一片的花園。

就在這死一般的寂靜中，池塘上的白柳最早傳來了消息，它們悶沉沉、重甸甸地「沙沙」響起來，接著傳來白嘴鴉驚慌失措的叫聲。父親走到陽臺上，走進一片黑暗中。喧囂聲越來越大，越來越高，最後，一陣迅猛的狂風，吹倒了陽臺邊的一株金合歡，把芳香撲鼻的氣味吹進屋裏，還帶進了幾片乾枯的落葉。燈火在不很透光的烏光燈罩裏閃閃爍爍，狂吹直颳的風怒號著，又在煙囪和屋角「嗚嗚」呼嘯。什麼地方一扇窗戶「啪」地吹開了，打碎的玻璃「嘩嘩啦啦」地響成一片。整個花園現在是眾聲鼎沸，大樹的樹幹「吱吱啞啞」直響，黑濛濛的樹頂「沙沙」搖盪。瓦西里・尼基季耶維奇從陽臺上回來了，他頭髮蓬亂，大張著嘴巴，眼睛睜得又圓又大。緊接著，一道白亮亮、藍晃晃的耀眼閃電，照亮了茫茫黑夜，在這一瞬間，被狂風吹得低低垂向地面的樹林，顯露出了它們那黑簇簇的輪廓。跟著，又是一片濃黑。整個天空，「轟隆」一聲，就傾

瀉下來。這轟隆的喧聲，使誰都沒有能聽到，大顆大顆的雨滴是怎樣打在玻璃上，又從玻璃上往下流的。大雨如注，鋪天蓋地，綿綿不斷，傾盆而下。母親站在陽臺的門邊，她的眼睛裏淚水盈盈。潮濕、腐爛、雨水和青草的氣味，瀰漫著整個客廳。

32 一封短信

尼基塔從馬鞍上跳下來，把克洛皮克拴在一根花花綠綠柱子的鐵釘上，走進烏捷夫卡村集市場上的郵政分局。

郵政分局的分局長頭髮蓬亂，臉色浮腫，坐在敞開的欄杆邊，在一支蠟燭上燒融火漆。他面前那張桌子上，到處是火漆和墨水斑斑點點的污染痕跡，上面還撒滿了煙灰。他在信封上滴足了滾燙的火漆，就用毛茸茸的手抓起郵戳，「啪」地蓋在火漆上，他敲得那樣用力，大有想把寄信人的頭蓋骨敲碎之勢。然後，他伸手到桌子的抽屜裏摸索一陣，掏出一張郵票，伸出紅紅的大舌頭，舔一舔郵票，把它貼在信封上，厭惡地啐上一口唾沫，這才用一雙充血的眼睛冷冷地瞪著尼基塔。

這位分局長叫做伊萬・伊萬諾維奇・蘭德舍夫。他有一個習慣，總是要讀遍寄來的所有報紙和雜誌：從頭到尾一行一行地讀下去，沒有讀完，絕不送給訂戶。訂戶們不止一次到薩馬拉去控告他，但他只是脾氣變得更壞，依然故我地閱讀他人的報紙、雜誌。每年他都有六次喝得酩酊大醉，在他醉醺醺的時候，人們連郵政分局的門口都不敢跨進。在這些日子裏，分局長總是要從窗

口探出頭來，喊得滿市場都聽見：「你們傷透了我的心，你們這些該死的！」

「爸爸派我來取信。」尼基塔說。

分局長根本不搭理他，又忙著燒融火漆，然而，有一滴火漆滴到了手上，他跳了起來，嚎叫一聲，又坐了下去。

「難道我就必須知道，你爸爸是誰嗎？」他聲色俱厲地說，「這裏每一個人，都是爸爸，這裏大家都是爸爸……」

「您說的這是什麼話呀？」

「我說的是，你可能有成千上萬個爸爸。」分局長甚至氣得朝桌子下面啐了一口唾沫。「姓什麼？姓什麼？我問你，你那個爸爸叫什麼名字？」他把火漆往桌子上一扔，直到尼基塔回答以後，才從抽屜裏拿出一把信來。

尼基塔把這些信放進布袋裏，怯生生地問道：「還有雜誌、報紙沒有？」

分局長開始繃起臉來。尼基塔不等回答，趕忙悄悄走到門外。

克洛皮克在郵局的拴馬柱子旁跺著腳，用尾巴在身上「啪啪」地拍打著，驅趕那些黏滿全身的蒼蠅。兩個小男孩，正在凝神觀察這匹馬，他們長著亞麻色的頭髮，臉上被克瓦斯[1]的殘渣弄

1 克瓦斯是俄羅斯一種用麥芽或麵包屑製成的清涼飲料。

得髒兮兮的。

「讓開路！」尼基塔坐上馬鞍，朝他們大喊一聲。

一個小男孩坐在塵土上，另一個轉身就跑。尼基塔從窗口看見，那位分局長又拿起火漆在燒融。

尼基塔從村裏飛馳到草原上，走進一片金燦燦、黃橙橙、熱烘烘的成熟麥浪中，讓克洛皮克自由自在地慢慢行走，就打開布袋，逐一查看那些信件。

其中有一封小小的信件，淡紫色信封上用大寫字母寫著：「轉交尼基塔」。裏面的信寫在花邊信紙上。尼基塔激動得讀信的時候眼睛直眨：

親愛的尼基塔：

我一點都沒有忘記您。我非常愛您。我們現在就住在別墅裏避暑。我們的這幢別墅十分精美。但是，維克多老是纏著我，煩得我沒法安生。他不再聽媽媽的話了。他已經三次用理髮器剪光頭髮，而且整天東遊西蕩，滿身是抓傷。我獨自一人在我們的花園裏玩。我們有一架秋千，甚至還有蘋果，不過還沒有成熟。您還記得那座有神奇魔力的森林嗎？秋天到薩馬拉我們家來作客吧。您的戒指我並沒有丟失。再見。

莉莉婭

尼基塔把這封妙不可言的信，反反覆覆從頭到尾讀了好多次。耶誕節假期那些飛逝的美好時光又一一浮現在眼前。一支支蠟燭燭光閃爍，人影在牆上輕輕搖晃，那個大蝴蝶結，在小姑娘直盯盯、藍汪汪的眼睛上方浮現出來，聖誕樅樹紙鏈在「沙沙」作響，銀亮的月光在結滿冰花的窗戶上閃閃發光。雪皚皚的屋頂、銀晃晃的樹木、白茫茫的田野，全都浸泡在一種夢幻的光輝裏……莉莉婭又兩手托腮，坐在圓桌旁的燈底下……這真是魔幻奇景！

尼基塔站在馬鐙上欠一欠身子，「啪」地揮動鞭子。克洛皮克被這突如其來的動作驚得猛地往旁邊一躥，然後像狗一樣飛快地奔跑起來。風在耳邊無盡無休地呼嘯著。一隻蒼鷹在翱翔，牠盤旋在遼闊的草原上空，滑翔過成熟的、有些地方已經收割過的麥地，又懸浮在河岸邊褐灰色的高高峭壁上方。一隻隻鳳頭麥雞，在谷地的鹹水湖畔，大聲叫喚，如怨如訴，孤獨淒涼。「飛跑啊，飛跑啊，飛跑！」尼基塔想著。他的心鳧趨雀躍，怦怦急跳。「呼嘯吧，呼嘯吧，風啊！……飛翔吧，飛翔吧，老鷹！……叫喚吧，叫喚吧，鳳頭麥雞，我比你們更幸福。風和我，風和我……」

33
佩斯特拉夫卡的集市

瓦西里・尼基季耶維奇和母親爭吵了整整三天。父親一心想去趕佩斯特拉夫卡的集市，母親則堅決反對這趟外出：「佩斯特拉夫卡那邊，我的朋友，就是缺了你，生意照樣能做得紅紅火火。」

「奇怪，」父親一邊回答，一邊抓起一撮鬍子，放進嘴裏咬著，並且聳一聳肩，「這真是奇怪！」

「唔，隨你的便吧，我的朋友，你要覺得奇怪就奇怪吧。」

「不，這可是最最奇而怪之的話，是奇怪之極！」

「不過，我再一次告訴你，」母親說，「我們不需要新馬。謝天謝地，家裏那些乘騎的馬，都早已把馬廄塞得滿滿的了。」

「可妳到底要搞清楚，我去，只是為了賣掉那匹該死的母馬札列姆卡呀。」

「根本用不著賣，札列姆卡——是一匹很好的母馬。」

「妳說的是什麼呀！」父親叉開兩腿，眼睛瞪得圓圓的，「札列姆卡又咬人又向後跳起來摔人。」

「沒有的事，」母親理直氣壯地說，「札列姆卡既不咬人，也不向後跳起來摔人。」

「既然這樣，」父親甚至開始向母親併足致禮[1]，「那我就公開聲明：要麼是這匹該死的母馬留在家裏，要麼是我！」

最後，就像尼基塔預料的那樣，母親認同了父親的意見。爭吵在遷就和讓步的情況下結束了：他們決定賣掉那匹母馬，父親也保證：「在集市上絕不瘋狂地大把花錢。」

為了填補來回的開銷，瓦西里・尼基季耶維奇打算運兩大車被風吹落了的蘋果，到佩斯特拉夫卡去零售。他還准許尼基塔和米什卡・寇里亞紹諾克一起坐貨車同去。

從一大早起，就開始遇到一件件障礙。首先，是馬沒有預備好，於是，米什卡・寇里亞紹諾克只好騎著拉邊套的馬飛跑到池塘那邊的低地上，在白濛濛的朝霧中尋找隱約可見的馬群。隨後，等把那匹棕紅色的、小腿上長著雜色短毛的札列姆卡牽出馬廄，開始用刷馬的鐵刷子給牠刷洗的時候，這匹母馬用牙齒咬住謝爾蓋・伊萬諾維奇，差點沒把他咬死。父親從窗口裏看見了這一切，穿著睡衣就飛跑進馬廄裏：「啊呀，咬人啦！……我早已對你們說過，你們這些可惡的鬼東西！……」

1 併足致禮是歐洲男人特別是軍人表示敬意的一般通用動作，即多半在握手前兩足併齊，點頭或微微鞠躬。

札列姆卡開始後退，一屁股坐在地上，把緊拉著籠頭的謝爾蓋・伊萬諾維奇拖了過去。牠尖聲嘶叫著，掙脫開來，低下頭，猛地一尥蹶子，一團團泥土從牠的蹄子下高高濺起，飛過馬車棚，而牠朝著馬群飛奔而去。然後，突然發現阿爾喬姆失蹤了，他可是到集市去的押車人啊。東奔西跑，到處尋找，這才發現他早在昨晚就已給關在鄉拘留所裏了：到一定的時候就得付清欠繳的稅款，而阿爾喬姆已經足足拖了五年沒有交付了，因此，上面命令：不管在什麼地方，只要一找到他，就把他關進拘留所，直到有人保他才能釋放。

瓦西里・尼基季耶維奇趕忙派人送信給鄉長。阿爾喬姆給保釋出來了，於是他歡天喜地地開始用心套那兩輛貨車。貨車套好後，就把札列姆卡繫在後一輛大車上。尼基塔和米什卡・寇里亞紹諾克坐在前面那輛大車上。阿爾喬姆揮了揮韁繩的一端，貨車就往前走起來了……

「車軸，車軸啊。」謝爾蓋・伊萬諾維奇想開個玩笑，故意指著車輪高聲大喊。

阿爾喬姆從車上走下來，到處看了一遍——車軸好端端的，毫無毛病。他撓撓腦袋，搖搖頭兒……終於，車子走起來了。

這一段旅程可真是妙不可言。微風輕拂，飄送來一陣陣艾蒿和小麥稈的氣味，搖漾著田塍上高高的牛蒡草。平坦坦的草原上，放眼望去，到處林立著一垛垛乾草，一隻老鷹從草垛上飛起來，在天空中慢慢滑翔。遠處，一股藍煙嫋嫋升起，這是犁地的農民在帳篷裏煮飯。

他們走到帳篷前，這是一間安在車輪子上的小房子。阿爾喬姆讓馬停住，接著他和男孩子們

走到一只木桶跟前，喝著散發著桶味、滿是纖毛蟲[2]的池塘水。給犁地的農民做飯的那個年邁的老人，走到貨車跟前，一邊用手扶著大車的搭接處，一邊搖著沒戴帽子的頭，說：「你們是運蘋果去賣嗎？」

尼基塔送給他一個蘋果。

「不啦，少爺，我沒法咬動這東西啦。」

他們動身離開帳篷的時候，遇見了四個牧羊人；一群滿頭亂髮、身穿粗硬襯衫的犁地的農民，趕著幾頭公牛正走過來——回來吃飯，公牛揹著牛軛，拖著犁鏵翻過來朝上的鐵犁，搖搖晃晃地在他們前面走著。阿爾喬姆又勒住馬，花了很長的時間打聽：在哪裏可以轉上去佩斯特拉夫卡的大路？

將近中午的時候，微風停息了，滾滾熱浪從遠方草原的最邊遠處飛撲過來。尼基塔凝神細看，在雲彩波翻浪捲的這片藍空中，一會兒看見一幢漂浮不定的房子，一會兒看見一棵高高懸掛在大地上空的大樹，一會兒看見一艘沒有桅杆的海船。貨車轔轔地向前走著。蚱蜢在「吱吱」地叫個不休。接著，就聽見草原上傳來了均勻的、高低起伏的鈴鐺聲。札列姆卡往旁邊一閃，在拴馬的地方原地踏步。阿爾喬姆回過頭來，眨了眨眼睛，說：「我們的主人來了！」

---

2 是單細胞動物，屬原生動物的一綱，身上有纖毛，是行動和攝取食物的器官，體形大小從十二微米至三毫米不等。

很快，一輛三套馬的馬車從貨車旁邊飛馳而過，洛爾德·拜倫一副尋釁惹事的樣子，邁著蹣跚的大步往前飛奔，另外兩匹臀部下垂的拉邊套的馬，怒氣沖沖地啃著地面。父親身穿一件繭綢緊腰細褶長外衣，挺直身子雙手叉腰坐在馬車上，長長的鬍子被風吹得左右飄飛；他轉過那雙喜滋滋的眼睛來，對著尼基塔高喊一聲：「你想跟我走嗎？」於是馬車疾馳而去。

終於，白色教堂那兩個圓頂、井邊的取水吊桿、稀疏的白柳頂梢、一縷縷炊煙、一個個屋頂，都漸漸歷歷在目了；就在草原上那條褐灰裏略帶金黃、在陽光中閃閃發光的河流對岸，整個佩斯特拉夫卡村展現在眼前，而在村莊外面，又是一片牧場——那裏用帆布搭起了一座座集市的臨時售貨棚，一群群牲口遠遠看去，像是一塊塊黑色斑點。

兩輛貨車快步飛馳過一座緊挨水面的搖搖晃晃的橋，繞過教堂前的廣場，那裏的一座粉紅色房子裏，一個胖乎乎的牧師，在最邊上的窗戶裏，拉著小提琴。貨車轉了個彎，奔向牧場上的臨時售貨棚，停在一排陶器貨攤附近。

尼基塔站在大車上，細細觀看：一個黑油油的鬍子直長到眼角邊的茨岡人[3]，穿著一件帶銀紐扣的腰部束帶的藍色長上衣，前面敞開著，露出赤裸的胸部，正在那裏察看一匹病馬的牙齒，

[3] 茨岡人又稱吉卜賽人，自稱羅馬尼人。這是一些由共同的族源和語言聯繫起來的民族集團，散居在世界上許多國家。其祖先是西元一千年末，來自印度的移民。人口總數有各種估計：從兩百萬到六百萬以上。俄羅斯一向有不少茨岡人，大詩人普希金創作有著名長詩《茨岡人》。據一九七九年統計，俄羅斯當時有茨岡人

而那匹病馬的主人，一個瘦兮兮的男人，驚訝不已地望著這個茨岡人。那邊，一個狡猾的老頭子，用指甲「梆梆」地敲著一個畫著一叢青草的罐子，正在勸說一個露出驚惶神色的女人買它。

「可是，老爹，我根本不需要這種罐子啊。」女人說。

「美人啊，這麼漂亮的罐子——妳就是找遍整個世界，也沒法找到啊。」

那邊，一個醉醺醺的農民，站在滿滿一籃子雞蛋旁，怒轟轟地大叫著：「這是什麼雞蛋？難道這是雞蛋嗎？這都是一些乾癟癟的蛋啊。我們科爾德班村的雞蛋，那才叫雞蛋呢，我們科爾德班村的母雞吃穀粒直脹到喉嚨邊。」

那邊，走來一群女孩子，她們穿著紅豔豔、黃花花的短上衣，披著五顏六色的小披巾，轉彎走向帆布臨時售貨棚，那裏一個個賣貨人，把身子彎過櫃臺來，大聲叫賣著，抓住過路的人：「上我們這裏來，上我們這裏來，大家都在我們這裏買東西……」

市集上空塵土飛揚，叫聲、馬嘶聲響成一片。黏泥做的陶哨子「瞿瞿」地吹著。到處都矗立著貨車那高高的車轅。那邊，一個小伙子穿著一件肩部破爛的藍襯衫，一邊踉踉蹌蹌地往前走，一邊使出全身力氣拉著手風琴：「哎喲，杜尼婭，杜尼婭，杜尼婭！……」

二十萬三千人。茨岡人操茨岡語，還會講周圍民族的語言。茨岡人酷愛自由，喜歡過漂遊的生活，一般以手藝、算命、占卜等等謀生。

阿爾喬姆卸下馬，開始從貨車上解下車轅。正在這時，一個身穿警服、武裝帶上掛著軍刀的人，走到他跟前，看了看他，搖搖頭兒。阿爾喬姆也看著他，並且摘下帽子。

「你以前被我捉過，你這流浪漢，」這個留小鬍子的人說，「這回我一定好好收拾你。」

「隨您的便吧。」阿爾喬姆回答道。

留小鬍子的警察緊抓住他的胳膊肘，把他帶走了。那個賣陶罐的狡猾老頭望著他們的背影，嘿嘿笑了。米什卡・寇里亞紹諾克憂心忡忡地小聲對尼基塔說：「趕快跑過去找你父親，就說——一個警察把阿爾喬姆抓到拘留所去了，我就在這裏看著貨車。」

尼基塔從熙熙攘攘的人群中擠了出來，穿過被壓得實實的、長滿茅草的田野，跑向露天馬廄，大老遠他就看見父親的馬車停在那裏。父親雙手插在長外衣的口袋裏，興高采烈地站在一個露天馬廄旁邊。尼基塔剛一開口向他講述阿爾喬姆事件，瓦西里・尼基季耶維奇馬上就打斷他的話：「你去看看那匹棗紅色的小公馬吧……啊呀，多好的小公馬呀，啊呀，真是個機靈鬼！……」

三個巴什基爾人[4]穿著完全褪了色的絎[5]過的棉長袍，帶著有護耳的帽子，在露天馬廄的

4 巴什基爾人是俄羅斯的一個少數民族，自稱巴什科爾特人，操巴什基爾語，一九七九年時人口已達一百三十七萬一千人。

5 讀作「銀行」的「行」，用針線固定面子和裏子以及所絮的棉花等，縫時針線疏密相間，線大部分藏在夾層中間，正反兩面露出的都很短。

馬群中間奔來跑去，正極力用套馬索去捉一匹機靈靈的棕紅色小公馬。可是那匹小公馬耳朵朝後貼伏著，呲牙咧嘴，猛地跳開，閃過套馬索，一會兒跑進密集的馬群中，一會兒又跑到寬敞的地方。突然，牠跪了下來，爬到柵欄的欄杆下面，聳身一拱，拱起了欄杆，然後就縱身跳起，飛跑出去，歡天喜地地朝芳草萋萋的草原大步飛馳，鬃毛和尾巴上的毛都被風吹得飄飄揚揚。父親滿心歡喜，不停地跺著腳。

那三個巴什基爾人，羅圈著腿，蜂擁向前，飛奔向那幾匹用來乘騎的毛烘烘、矮墩墩的馬，輕巧地跳到高高的馬鞍上，騎馬飛馳——兩個追趕那匹深褐色的馬[6]，第三個——拿著套馬索——把牠攔截住。小公馬開始在田野上轉來轉去，可是牠每次一轉身，都會發現一個巴什基爾人像野人那樣尖叫著，躍馬截斷自己的去路。小公馬稍一遲疑，套馬索就徑直拋了過來套在脖子上。牠怒火沖天，騰立起來，可是巴什基爾人用鞭子狠抽牠的兩肋，把套馬索拉得使牠呼吸都很困難。小公馬搖搖晃晃，跌倒在地。牠渾身顫抖，大汗淋漓，又被牽進露天馬廄。一個滿臉皺紋的老巴什基爾人，像個口袋一樣「唰」地從馬鞍上滾了下來，走到瓦西里・尼基季耶維奇面前。

---

6 作者此處可能有誤。此前，他已經兩次寫到這匹小公馬是紅色的：第一次父親說牠是「棗紅色的」（гнедой），第二次則描寫牠是「棕紅色的」（рыжий）。這裏，卻說牠是「深褐色的」（或「暗栗色的」，караковый）。

「請買這匹公馬吧，先生。」

父親哈哈大笑著走向另一個馬廄。尼基塔又開始向他講述阿爾喬姆的事。

「哎呀，真煩人！」父親長歎了一聲。「真的，對這種蠢貨我能有什麼辦法呢？給你，拿這十二戈比，去買幾個白麵包、一些魚，在貨車上等我……你知道嗎，札列姆卡，我已經賣給梅德韋傑夫了，雖然便宜，但很省事。快跑回去，我馬上就來。」

可是這個「馬上」，最終變成了一段相當漫長的時間。一輪淺澄色的圓溜溜夕陽已經懸掛在草原的邊緣上，集市的上空瀰漫著一片金燦燦的塵埃。教堂的鐘「噹噹」地響起，催人去晚禱。只是到這個時候，父親才露面，他的臉上露出一副窘困的神情。

「純屬碰巧，我買了一組駱駝，」他說，沒有面對尼基塔，「便宜極了……可是，他們怎麼還不派人來牽那匹母馬呢？怪事。唔，蘋果你們賣了不少吧？才六十五戈比？怪事。那就這樣吧，讓這些蘋果見鬼去吧！我已經告訴梅德韋傑夫，把蘋果作為添加的東西和母馬一起給他……我們去搭救阿爾喬姆吧……」

瓦西里・尼基季耶維奇抱著尼基塔的雙肩，領著他穿過在朦朧暮色中散發著乾草、焦油和麥子氣味的一輛輛貨車，走過開始寂靜下來的集市。哪裏有誰在高聲歌唱，回聲在草原裏慢慢消散。一匹馬也大聲嘶叫起來。

「可你要知道，」父親停下腳步，眼睛狡黠地閃著光，「回到家裏，我一定會受到責罵……不過，這沒什麼關係。明天你會看到我們那新的三匹套馬，全是滿身斑點的灰馬……多買少買，結果反正一樣嘛……」

34 在貨車上

一天晚上，尼基塔打完麥子後，坐著一輛裝滿新鮮麥稈的大車回家。窄窄的一線夕陽，就像秋天那樣昏慘慘、紅殷殷的，漸漸黯淡下去，在草原上空，在古墳高大的墳丘上方。這些古墳是遊牧民族在荒遠年代經過這裏留下的痕跡。

濛濛暮色中，在空空蕩蕩的收割了的田地裏，還可以看見一道道犁溝。耕地農民田間宿營帳篷的篝火在漫漫黑暗中紅光閃閃，輕輕吹來一股微微發苦的煙。大車「吱吱嘎嘎」地響著，搖搖晃晃地往前走。尼基塔微閉雙眼，仰臥在車上。周身泛起一種甜蜜的疲乏、愉快的痠痛。半睡半醒中，逝去了的這一天又浮現在他的記憶裏……

……四對強壯有力的母馬拉著完整的一套脫粒機在向前走。米什卡・寇里亞紹諾克坐在中央主軸上面的一個座位上，慢慢轉動著機器，不時大叫幾聲，或者「啪啪」地抽上幾鞭子。

隨著木飛輪的轉動，一條總是滾不完的皮帶「啪啪」地響著，飛快地轉進像房子那麼大的紅色脫粒機，捆草器和篩盤瘋狂地顫動著。脫粒機的滾筒不停地滾動著，發出猛烈的吼叫，轟隆

聲震天動地，整個草原都能聽見——它貪婪地大口吞進一捆捆鋪開的麥子，把麥稈和麥粒分別送進塵埃飛揚的脫粒機中心。瓦西里・尼基季耶維奇親自給脫粒機餵麥捆，他戴著一副保護眼睛的墨鏡，和一雙直到胳膊肘的無襯裏長皮手套，襯衫汗津津地緊貼在濕黏黏的背上，全身都蒙著灰塵，鬍子上落滿了麥麩，嘴上也黑乎乎的。「吱吱啞啞」響著的貨車，又運來許多麥捆。一個小伙子邁開大步，跟著輸送器奔跑，機器一把麥稈吐送出來，他就抱起滿滿的一大堆，站在木板上，快步把它扔到麥秸垛上。那些年邁的農民，用長長的木叉在整理、垛放麥秸垛。整整一年的操心、勞碌和憂慮總算結束了。整天都聽得到歌聲和玩笑聲。阿爾喬姆，正從貨車上把麥捆扔到脫粒機的高板上，幾個姑娘在大車的夾縫中捉住他，開始胳肢他——他最怕別人搔他的癢。他被推倒在地，衣服裏塞滿了麥麩。這可真是一個大玩笑！……

尼基塔睜開雙眼。大車搖搖晃晃，「吱吱啞啞」地向前走著。草原上現在已經徹底黑漫漫了。整個天空佈滿了八月的星座。高不可測、茫無邊際的天空，藍色在閃爍、波動，就像微風吹動了迷濛的星塵。銀河像閃亮的輕霧那樣鋪展在茫茫的夜空。躺在大車上，就像躺在搖籃裏，尼基塔在星空下漂遊，安詳地凝望著遙遠的世界。

「這一切——都是我的，」他想，「總有一天，我要坐上空中飛船，飛上太空……」於是，他開始想像出一艘像蝙蝠那樣有著一對翅膀的飛船，想像出天空黑幽幽的茫茫荒漠，和人所不知

的行星那漸漸靠近的藍色海岸——銀白如雪的山脈，奇美神異的湖泊，一座座幻影般的城堡，一個個在水面上空飛來飛去的人影，和一片片夕陽西下時分的紅雲。

貨車開始從小山往下走去。遠處幾條狗在汪汪地叫。從池塘裏飄來一股濕氣。大車走進了院子。從房子的窗口，從餐廳裏，照射出溫暖、舒適的光亮。

35 遠行

深秋到了，大地準備休眠。太陽出來得越來越遲了，陽光曬在身上已沒有了熱力，這是一個衰老不堪的太陽，它在大地上已做不了什麼事情了。鳥兒都飛走了，花園裏空空蕩蕩的，黃葉飄零，遍地狼藉。那條小船已經被人從池塘裏拖了上來，翻過來底兒朝上放在一個棚子裏。

現在，每到早晨在屋頂投下大片陰影的那些地方，蒙著一層銀霜的小草被凍壞了，變得灰蒼蒼的。鵝群踏過秋天黃綠相間、蒙著銀霜的小草，走向池塘。每隻鵝都肥篤篤的，像一個白色的大雪球，搖搖擺擺地成群走過。從村裏走出十二個姑娘，在雇工住房附近的大木墩子上剁白菜，滿院子都響徹著她們的歌聲和剁菜聲。杜妮雅莎嚼著一根白菜莖，從她們攪拌著黃油的地窖裏跑了出來。入秋以來，她出落得更漂亮了，嘴巴紅嘟嘟的，臉蛋紅撲撲的，大家都知道，她跑到雇工的住房那裏去，不是為了嚼白菜莖，也不是為了跟那些姑娘們說說笑笑，而是為了讓年輕的雇工瓦西里從窗口裏看見她。他也像她一樣，面色紅潤，身體健壯。阿爾喬姆垂頭喪氣，沮喪極了，坐在屋子裏修補馬頸上的夾板等套具。

母親已經搬到過冬的那一半房子裏去住了，屋子裏已經生起了火爐。刺蝟阿希爾卡把一些破

布和廢紙拖到碗櫃底下，一心想給自己構築一個冬天睡覺的安樂窩。阿爾卡季・伊萬諾維奇在自己的房子裏自得其樂地吹著口哨。尼基塔從門上的鎖孔往裏看：阿爾卡季・伊萬諾維奇正站在鏡子前面，捏著自己的鬍子尖，若有所思地吹著口哨。顯而易見，這個人打定主意要結婚了。

瓦西里・尼基季耶維奇已經派運麥子的貨車到薩馬拉去了，第二天他自己也跟著進了城。在出發之前，他和母親進行了一次長談。她正等著他的來信。

過了一個星期，瓦西里・尼基季耶維奇寫信來了：

> 我已經賣掉了麥子，而且，請妳想像一下吧——非常順利，價錢賣得比梅德韋傑夫還好。遺產的事情，就像我們早已預料的那樣，沒有絲毫進展。因此，我強烈要求實施妳曾堅決反對的第二個辦法，就是不言而喻的了。親愛的沙莎，今年冬天，我們再也不能在分別中度過了。我建議你們趕緊出發，因為這裏的中學已經開學了。學校允許尼基塔作為特殊的例外，參加二年級的入學考試。順便說一句，有人願意賣給我兩個美得令人驚歎的中國花瓶，非常適合擺在我們城裏的住宅裏；只是怕妳生氣，我暫時忍住沒有買下來。

母親沒有猶豫多久。亞歷山卓・列昂季耶芙娜擔心瓦西里・尼基季耶維奇碰巧手裏攥著一大筆錢，特別是害怕他真把那兩個家裏誰都不需要的中國花瓶給買下來，這才迫不得已在三天內打

35 遠行

定了主意並且準備好了行裝。城裏必需的那些傢俱、幾個大箱子、幾個裝著醃製品的小木桶、各種小動物，母親派貨車給送去。她自己則和尼基塔、阿爾卡季・伊萬諾維奇、廚娘瓦西麗莎，不帶行李，輕裝坐著兩輛三套馬車，走在前面。這是一個陰沉沉、風呼呼的日子，大路四周全是割過的莊稼地和耕過的田地，滿目荒涼。母親愛惜馬，只讓牠們慢步小跑。他們在科爾德班鎮的旅店裏住了一晚。到第二天，將近中午的時候，教堂的圓頂、蒸汽麵粉廠的煙囪，出現在草原平展展的邊緣上，出現在灰濛濛的煙霧中。母親默默無語：她不喜歡城市，也不喜歡城裏的生活。阿爾卡季・伊萬諾維奇心急如焚，不停地咬自己的鬍子。他們費了好長一段時間，才跑過臭烘烘的煉油脂廠，馳過木材場，繞過盡是小酒館和食品雜貨鋪子的髒兮兮的郊區，翻過一座夜裏有郊區青年爛仔搶劫的寬闊的大橋；馬上就到了薩馬拉河陡峭河岸上用原木建成的陰森森的糧倉。疲倦不堪的馬使勁往山上走，車輪在石頭路面上軋得「嗒嗒嗒嗒」地響。穿得乾乾淨淨的行人，驚訝不已地打量著這兩輛沾滿泥巴的輕便馬車。尼基塔感到，這兩輛馬車的外貌一定粗笨難看、滑稽可笑，這些馬也是——五顏六色的農家馬，哪怕躲開大路走也好啊！一匹烏黑的走馬，拉著一輛上了漆的輕便二輪馬車，飛快地從他們身邊走過，釘了鐵掌的馬蹄發出響亮的「得得」聲。

「謝爾蓋・伊萬諾維奇，您為什麼趕得這麼慢呢，請趕快一點吧。」尼基塔說。

「就這樣我們也會很快就到的。」

謝爾蓋・伊萬諾維奇從容不迫、鄭重其事地坐在趕車人的座位上，輕輕控住三匹馬，讓牠們

依舊用小快步往前跑。終於他們拐進了一條側街，走過一個消防瞭望塔——它的小門邊站著一個戴著希臘式鋼盔的肥頭大耳的小伙子，停在一座白色的平房前，它那生鐵做成的臺階直伸到人行道上。從一個窗口裏，探出了瓦西里•尼基季耶維奇那張興高采烈的臉。他揮一揮手，就失去了蹤影。過了一會兒，他親自打開了前門。

尼基塔率先跑進屋裏。那間空蕩蕩的小小客廳，糊著白雪雪的牆紙，顯得亮華華的，散發著一股油畫顏料氣味，在油漆過的亮悠悠的地板上，緊靠牆根，擺著兩個中國花瓶，外形就像盥洗用的帶把高水罐。客廳的盡頭，兩根倒映在地板上的白溜溜的小圓柱架起一道拱門，一個穿棕色連衣裙的小姑娘從那裏走了出來。她把一雙手放在圍裙下面，她那雙黃色的皮靴也在光滑的地板上倒映出來。她的頭髮梳成一條辮子，兩耳後面的後腦勺上，紮著一個白穰穰的蝴蝶結。一雙藍汪汪的眼睛嚴厲地望著前方，甚至嚴厲得稍稍瞇縫著眼睛。這是莉莉婭。尼基塔在客廳正中忽然再也挪不動腳步，就像被緊緊黏在地板上一樣。想必，莉莉婭猛然看到他也是同樣的情形，就像大街上的行人看著他們那兩輛遠端四輪馬車一樣。

「您收到我的信了嗎？」她問道。

尼基塔點一點頭。

「它在哪裏？趕快還給我。」

儘管那封信不在自己身上，尼基塔還是在口袋裏東掏西摸。莉莉婭直盯著他的眼睛，全神貫

注，怒氣沖沖……

「我本來準備回信，但是……」尼基塔喃喃地說。

「信在哪裏？」

「在行李箱裏。」

「如果你今天不把它還給我，我們兩個就從此一刀兩斷……我很後悔，給您寫了那封信……現在，我都已經讀中學一年級了。」

她緊抿著嘴唇，踮著腳尖站在哪裏。直到現在，尼基塔才恍然大悟：自己本來早就應該寫回信給莉莉婭的……他使勁嚥下一口口水，從那鏡子一樣光滑的地板上挪動黏住的腳……莉莉婭馬上又把雙手藏到圍裙底下，而把鼻子朝天仰得高高的。她用長長的睫毛完全遮蔽住一雙眼睛，來表示自己的鄙視。

「請您原諒我，」尼基塔說，「我真是不好極了，我非常痛苦！……這全都是因為那些馬呀、收割呀、給麥子脫粒呀、米什卡・寇里亞紹諾克呀……」他的臉漲得通紅，深深低下頭去。

莉莉婭一言不發。他對自己感到厭惡，就像厭惡牛糞一樣。可是，就在這時，過道裏轟響起了安娜・阿波羅索芙娜的聲音，接著傳來一陣問候聲、接吻聲，和車夫們搬運行李的沉重的腳步聲……莉莉婭疾言厲色但急急忙忙地小聲說：「他們會看見我們的……您這個人真讓人受不了……擺出一副歡天喜地的樣子來呀……也許，我會原諒您這一次……」

接著她便跑進過道裏。她那很尖的聲音，清脆地傳遍了這幾間回聲很響的空蕩蕩的屋子：

「您好，沙莎阿姨，歡迎您到薩馬拉來！」

新生活的第一天就這樣開始了。代替和平寧靜、無憂無慮的鄉村的逍遙自在的，是七間無人住過的窄憋憋的小屋子，窗子外面，是轆轆碾過鵝卵石路面的出租運貨馬車，和憂心忡忡的人們，他們穿得都像佩斯特拉夫卡那個地方自治局派任的醫生維利諾索夫，總是豎起衣領堵在嘴巴前面，以擋住迎面吹來、捲颳著破紙和灰塵的風，匆匆忙忙地飛跑過去。到處都是忙忙碌碌、喧囂嘈雜，和焦急不安的談話。甚至時間在這裏，也是另一種模樣：快得像飛。尼基塔和阿爾卡季・伊萬諾維奇在佈置尼基塔的房間，分別擺好傢俱和書籍，掛好窗簾。將近黃昏的時候，維克多直接從中學來了，他說，五年級的同學躲在廁所裏抽煙，他們的算術老師在教室裏給緊緊黏住了，因為他一屁股坐在塗上了阿拉伯樹膠的椅子上。維克多有了獨立自主性，但也有點懶懶散散。他硬纏著尼基塔，要去了那把帶十二把刀刃的摺刀，然後，就去找「一個同學，你不認識他」，玩去了。

黃昏時，尼基塔坐在窗戶旁。城裏的落日本來和鄉村的，完全一個樣。可是，尼基塔，就像關在窗紗裏面的熱爾圖希恩，感到自己是一個被關起來的囚犯，一個陌生的異類——不折不扣、不差毫釐的一個熱爾圖希恩。阿爾卡季・伊萬諾維奇走進屋裏，他穿著大衣，戴著帽子，手裏捏著一塊散發著濃濃香水味的乾淨手帕。

「我走了，大約將近九點的時候回來。」

「您到哪裏去？」

「去一個眼下還不屬於我的地方。」他哈哈地輕輕一笑。「怎麼樣，老弟，莉莉婭是怎樣迎接你的呢——大叉子直捅過來，太尖銳了吧……沒關係，你應該成為一個有文化、懂禮貌的人。甚至，這在某種程度上還是一件好事——使你受點教訓，減少一點鄉下蠢氣……」

他腳後跟一轉，就轉身走了出去。在這短短的一天裏，他就完全變成另一個人了。

這天夜裏尼基塔做了個夢，在夢中他看見自己似乎穿著一身帶銀紐扣的藍色制服，站在莉莉婭面前，剛強地說：「這是您的信，拿去吧。」

可是，在說這句話時他醒了過來，接著又睡著了，而且再次夢見，他怎樣走過閃閃發光的地板，對莉莉婭說：「拿去吧，您這封信。」

莉莉婭那雙長長的睫毛抬起來又垂下去，她那隻自以為是的鼻子，表現出高傲和疏遠，但是，那隻鼻子和整個臉蛋，馬上就改變了那種疏遠的神情，並且開始大笑起來……

他醒了過來，環視著四周：一盞街燈把稀奇古怪的光亮，照射到屋裏的牆上……於是，尼基塔又一次做了那個同樣的夢。醒著的時候，他可從來沒有這麼強烈地愛過這個不可思議的小姑娘啊……

第二天早晨，母親、阿爾卡季·伊萬諾維奇和尼基塔一起來到中學，同那個校長商談有關事情。校長是個精精瘦瘦、白髮蒼蒼、端嚴方正的人，他身上散發出銅的味道。一星期後，尼基塔入學考試合格，開始在二年級上課。

少年文學11　PG1026

尼基塔的童年
Nikita's Childhood

作者／阿列克謝・托爾斯泰
譯者／曾思藝
責任編輯／林泰宏
圖文排版／王思敏
封面設計／蔡瑋筠
出版策劃／秀威少年
製作發行／秀威資訊科技股份有限公司
114 台北市內湖區瑞光路76巷65號1樓
電話：+886-2-2796-3638
傳真：+886-2-2796-1377
服務信箱：service@showwe.com.tw
http://www.showwe.com.tw

郵政劃撥／19563868
戶名：秀威資訊科技股份有限公司
展售門市／國家書店【松江門市】
104 台北市中山區松江路209號1樓
電話：+886-2-2518-0207
傳真：+886-2-2518-0778

網路訂購／秀威網路書店：http://www.bodbooks.com.tw
國家網路書店：http://www.govbooks.com.tw
法律顧問／毛國樑　律師

總經銷／聯寶國際文化事業有限公司
221新北市汐止區康寧街169巷27號8樓
電話：+886-2-2695-4083
傳真：+886-2-2695-4087

出版日期／2015年01月　BOD一版　**定價**／280元
ISBN／978-986-5731-14-4

秀威少年
SHOWWE YOUNG

國家圖書館出版品預行編目

尼基塔的童年 / 阿列克謝.托爾斯泰著 ; 曾思藝譯. -- 一版. --
臺北市 : 秀威少年, 2015.01
面 ;　公分. -- (少年文學 ; PG1026)
BOD版
譯自 : Nikita's childhood
ISBN 978-986-5731-14-4 (平裝)

880.59　　103021934

讀者回函卡

感謝您購買本書，為提升服務品質，請填妥以下資料，將讀者回函卡直接寄回或傳真本公司，收到您的寶貴意見後，我們會收藏記錄及檢討，謝謝！

如您需要了解本公司最新出版書目、購書優惠或企劃活動，歡迎您上網查詢或下載相關資料：http:// www.showwe.com.tw

您購買的書名：＿＿＿＿＿＿＿＿＿＿＿＿＿＿＿＿＿＿＿＿

出生日期：＿＿＿＿年＿＿＿＿月＿＿＿＿日

學歷：□高中（含）以下　□大專　□研究所（含）以上

職業：□製造業　□金融業　□資訊業　□軍警　□傳播業　□自由業

□服務業　□公務員　□教職　□學生　□家管　□其它＿＿＿

購書地點：□網路書店　□實體書店　□書展　□郵購　□贈閱　□其他

您從何得知本書的消息？

□網路書店　□實體書店　□網路搜尋　□電子報　□書訊　□雜誌

□傳播媒體　□親友推薦　□網站推薦　□部落格　□其他＿＿＿＿＿

您對本書的評價：（請填代號　1.非常滿意　2.滿意　3.尚可　4.再改進）

封面設計＿＿　版面編排＿＿　內容＿＿　文／譯筆＿＿　價格＿＿

讀完書後您覺得：

□很有收穫　□有收穫　□收穫不多　□沒收穫

對我們的建議：＿＿＿＿＿＿＿＿＿＿＿＿＿＿＿＿＿＿＿＿

＿＿＿＿＿＿＿＿＿＿＿＿＿＿＿＿＿＿＿＿＿＿＿＿＿＿

＿＿＿＿＿＿＿＿＿＿＿＿＿＿＿＿＿＿＿＿＿＿＿＿＿＿

＿＿＿＿＿＿＿＿＿＿＿＿＿＿＿＿＿＿＿＿＿＿＿＿＿＿

請貼
郵票

11466
台北市內湖區瑞光路 76 巷 65 號 1 樓
秀威資訊科技股份有限公司 收
BOD 數位出版事業部

....

（請沿線對折寄回，謝謝！）

姓　名：＿＿＿＿＿＿＿＿　年齡：＿＿＿＿　性別：□女　□男

郵遞區號：□□□□□

地　址：＿＿＿＿＿＿＿＿＿＿＿＿＿＿＿＿＿＿

聯絡電話：(日)＿＿＿＿＿＿＿＿　(夜)＿＿＿＿＿＿＿＿

E-mail：＿＿＿＿＿＿＿＿＿＿＿＿＿＿＿＿＿＿